JN072286
マリウス
ベアード子爵。
なぜかピアに
執着している。
カイル
パティスリー・
フジのオーナー。
転生者仲間。
キャロライン
「キャロラインと虹色の
魔法菓子(マジックスイーツ)」のヒロイン。
エリン
ヘンリールートの悪役令嬢。
ピアの友達。
アンジェラ
ジェレミールートの
悪役令嬢。ピアの弟子。
ヘンリー
騎士団長の息子。
乙女ゲームの攻略対象の
うちの一人。

プロローグ

「サラさんとマイクさんもいよいよご結婚かぁ。おめでたいことね」
「そうなの。私の大事な二人だから、全力でお祝いしたいんだ。だからカイルにウエディングケーキを作ってほしくて……日持ちするケーキなんて作れる？」

少しずつ寒さが和らいできた冬の終わりに、私はパティスリー・フジを訪れていた。

春先にサラとマイクがスタン領で挙式する。しかし、私たちの時のようにカイルを招くことは、当の二人が遠慮した。カイルは売れっ子パティシエだから、自分たちごときに貴重な時間を割かせるわけにはいかないと。

ならばせめて王都で作ってもらったものを持ち込みたいと、カイルに相談しにやってきたのだ。

今日のお供は、新郎新婦に聞かれたくない話なのでメアリとビル。サラたちは挙式前後に休暇を取ることになっているから、この二人が私の同行をしてくれる日も、今後増えるだろう。

というか、ミセスになった私に常時護衛など必要なのだろうか？　と思わないでもないけれど、お義母様にもついていると聞いたので、受け入れている。

「ブランデーに漬け込んだパウンドケーキをベースにしたら、冬場なら二、三週間くらい日持ちするわよ？」

「いいねえ。大人の二人にぴったり！」

「あのう、ピア様」

ドアのそばで控えていたビルが苦笑しながら私に声をかけた。

「マイク、実はあまり酒が強くないんですよ」

「ええっ！　ちょっと意外!?」

サラはザルなんだけど。サラのロックウェル家でのお酒が強いランキングは、母に次いで二位だ。そして私は安定の最下位……。

「うーん、ねえピア？　スタン家のパティシエ、ナタリーの腕は熟練されていて素晴らしいわ。これからの季節は食中毒が怖いし、やっぱり彼女にお任せすべきよ。ピアの結婚式の時に仲良くさせていただいたから、私のレシピを彼女に届けて作ってもらってちょうだい。そうすれば、彼女と私の合作になるわ」

今ではアージュベール王国一のスイーツショップオーナーパティシエであるカイルのレシピは、金銭で価値が測れないものだ。そんな宝のようなものを差し出すなんてと驚いていると、隣に立つメアリが大きく頷いた。

「カイルさんのおっしゃるようにされるのがよろしいかと。若奥様であるピア様に頼られたら、ナタリーも張り切ります」

——私はひょっとしたら、外の人間にケーキを依頼することで、恥をかかせるところだったのかもしれない。小さい頃から栄養たっぷりで美味しいケーキをたくさん焼いてくれた、優しいおばあちゃんのようなナタリーに。

今の私は既にスタン家の人間だ。スタン領民である彼女らの幸福を最優先で考えなければならない。

そこに思い至らなかった自分を恥ずかしく思いながら、カイルとメアリの指導に心から感謝する。

「ありがとうカイル。うん、それが一番ね。よろしくお願いします」

カイルはわかりやすくホッとした表情を見せた。

「サラさんとマイクさんには、結婚して王都に再び戻った時に、特別なプレゼントを作るわ。私だっていつも良くしてもらってるもの。さあ、今日はスタン領のミルクを使ってバロアを作ったのよ。ビルさんもメアリさんも召し上がれ」

「ピア様の護衛は役得だなあ」

「まあ！　空気を含んでふわふわですのね」

カイルのお菓子には、強面のビルも、クールなメアリもニコニコになる。

皆を幸せにできるカイルの技術を、私は料理下手の呪いのせいで学べないことを、ちょっぴり残念に思った。


その夜もルーファス様の帰りは遅かった。

サラを下げて、ソファーで刺繍をしながら彼の帰りを待つ。

ふと気がつくと、私は前世の私になっていた。どうやら夢を見ているようだ。

彼氏の浮気と研究の盗用という事実に呆然とし、ふらふらと帰宅しようとバイクに乗るも頭にモヤがかかったような状態で、これでは危ないとコンビニに立ち寄った。

これは――あの日だ！　そのコンビニに入っちゃダメ！

今の私の願いも空しく、前世の私は自動ドアをくぐる。そこで俯いた私の目に飛び込んできたのは床の血だまりとうつぶせに倒れた制服姿の女の子。

店内には「金を出せ！」と怒鳴る声が響く。驚いて顔を上げると、そこには……店員に刃物を突きつけている強盗犯がいた。

二度目なのにやはり体がすくんで動けない。

入店音に気づいた男は私に振り返り、目が合った。そして目を薄く細めてニヤリと笑い、私に向かって包丁を振り上げながら突進してきて……。

「……ピアッ！　ピア!!」

ハッと目を開けると、すぐそこにエメラルド色の瞳があった。私は床に膝をついたルーファス様に両肩を揺すられていた。

「あ……あ……」

視線を動かせば、見慣れた私たちの部屋だ。やりかけの刺繍が床に落ちている。ソファーでうたた寝をしたようだ。

時計を見ると日付は変わっていて、ルーファス様は寝間着姿になっている。少し前に帰られた？

「ひどくうなされていたよ。入浴前に様子を見た時はすやすやと寝ていたから、そのままにしておいたんだけど、大丈夫？　……なわけないな。こんなに真っ青になって」

「お、おかえりなさいませ」

夢と現実をはっきり区別するために頭を振りながらそう言った。

「うん。怖い夢を見たの？」

「……えっと」

歯がカチカチと鳴り、うまく言葉を紡げない。自分の体に腕を回し、身を護るように縮こまる。

するとルーファス様は私の背中と膝下に腕を回して立ち上がり、そのまま戸締まりを確認し灯りを消して、一緒にベッドに入ってくれた。

「私が一緒にいる。なんの心配もいらない」

ルーファス様は私をぎゅっと抱きしめて、私の髪を梳きながら額にキスをしてくれた。

彼の確かな体温が、私の身も心も安心させていく。もう大丈夫だ。

「ありがとう、ルーファス様」

「どういたしまして。おやすみ、私の大事なピア」

ルーファス様の胸に手を当てて目を閉じた。聞き慣れた鼓動が私に力をくれる。

それにしても、なぜ今更前世の夢を見たのだろう？

犯人の男の不敵な笑みが瞼に浮かぶ。とても不気味だった。本当になぜ、今頃……。

第一章 辣腕侯爵令息夫人になりたい私

少しずつ木の芽が膨らみ、日も長くなってきた。とはいえ湖の氷は張ったままで、まだまだ寒い日が続いている。

私はなぜか前世の記憶を持ったまま、スマホのアプリゲーム『キャロラインと虹色の魔法菓子〈略してマジキャロ〉』にそっくりなこの世界に生を受けた。

ゲームでは攻略対象を虜にする魔法のアイテムだった『虹色のクッキー』が実は毒物で、それを仕込み、フィリップ第一王子を筆頭とする我が国の有力貴族子息に食べさせた真犯人が隣国メリーク帝国だったと判明したことで、すっかり国家間の騒乱の最中だ。もはや〈マジキャロ〉とは似ても似つかぬ世界である。しかしそれは当たり前。皆それぞれ必死に自分の人生を生きており、それがゲームどおりに運ぶわけがない。

私ももちろんゲームのシナリオどおりの断罪なんて運命にならぬよう、ギリギリまであがき続け、昨年の暮れついに、ゲームではヒロインの攻略対象だったルーファス様とスタン領の神殿にて結婚し、名実共に夫婦になった。信じられないくらい幸せだ。

それもこれも家族や友人はじめ、周囲の皆様、そしてルーファス様のおかげで、日々感謝してもしきれない。

あとはこのメリークとの外交問題が片付きさえすれば、手放しで今生を謳歌できるのだけど……ルーファス様と共に。


あの夢見の悪かった日以来、ルーファス様は重要案件がない限りは夕食時には帰宅するようになった。大人になり、既婚者にもなったというのに、ルーファス様の手を相変わらず煩わせてしまい情けない。

ルーファス様は家では基本的にスタン領政のことだけを処理してらしたのに、今やそれに国政も加わってしまった。

だから私もせめて、領政の帳簿付けやファイリングくらいは率先して動いている。お互い心地よい沈黙の中、紙をめくる音や、ペンを走らせる音だけが室内に響く。

お義母様に指示を仰ぐまでに書類が出来上がったところで、扉をノックされた。

ルーファス様が返事をすると、マイクが入ってくる。私が席を外そうとすると、ルーファス様が止めた。

「ピア、出ていかなくていい。ピアに知られて困る話はこの屋敷でしないよ。それよりお茶を淹れてくれる？　休憩しながら話を聞こう」

「はい。わかりました」

廊下に顔を出してお湯を運んでもらい、部屋の隅でお茶を淹れている間、マイクがルーファス様に報告する声に耳を澄ませる。二人の会話から、今日も残念ながらメリークとの間に大きな進展はなかったことが聞き取れる。

隣国メリーク帝国との関係は膠着状態と言っていい。相変わらず一連の毒物事件への関与を認めていないし、ローレン元医療師団長一家というスパイを捕まえても、アージュベール王国によるでっち上げだとシラを切る。

しかし、各国で協力しての経済制裁が始まってからもう数カ月経つ。そろそろメリーク国内の生活に影響が出ていると思うのだけど……。

ちなみにローレン一家は裁判中だが、おそらく三人とも死刑は免れないだろう。特に元医療師団長は裏で十人以上の殺人を犯していることが取り調べで判明した。

「ルーファス様、相変わらずルスナン山脈の国境B地点では、山賊を装ったメリーク兵が何度も侵入してきていると、領地から連絡がありました。当然全て捕まえて情報を根こそぎ奪っておりますが、敵兵の質は格段に落ちているそうです」

「あの場所は敢えて入り込みやすいよう誘導されたトラップだと気がつかない時点でさもありなんだ。このメリークの作戦は指揮官の許可を得たものではないのかもね。それとも上層部が機能せず指揮系統が混乱しているのか？」

「スタン領でまた小競り合いが起きているのですか？」

テーブルにはマイクが地図や資料を広げている。それらから離れたところにお茶をそっと置きながら、二人の話に黙っていられずそわそわと聞いてみる。

「想定内だから心配しなくていい。ピアも座ったら？」

ルーファス様に手招きされて彼の隣に座り、目の前の地図にさっと目を走らせて、おや？　と思った。

これまでギルドの測量士は十数人育ったが、スタン領とロックウェル領の地図だけは私が細部まで綿密に仕上げ、複製も全て目を通している。しかし、この目の前にある地図はルスナン山脈の国境付近の地形が若干記憶と違う。

「ああ、これはね、メリークにばらまいている偽地図だ。ここが、地形的に押し入りやすく変わっているだろう？　もちろんピアのサインは入れてないよ。ピアに責任を負わせるつもりなどないから」

「偽地図……」

ルーファス様がペンの背中で指した場所こそが私の違和感のあったところだ。私は改めて、その地形を記憶のものと比較する。

偽地図なんて衛星写真のあった前世では考えられないものだ。ここは未だ地図が本物か偽物かの判断は作画した者を信じるかどうかの世界だから、私の作った地図は信ぴょう性があると、肩書などから無条件に判断されているのを逆手にとった、ということか。

私のサインはなくても、スタン領から流出した精密な地図ならば、私が描いたとほとんどの人間が誤認するだろう。

「ここにメリークはどんどん兵を送り込んでくれるんだ。山脈全体にパラパラと入ってきていた頃に比べると、まとめて叩きやすい。随分とうちの私兵の体力が温存できているよ」

「そんなに頻繁に？」

知らなかった危険な事実にちょっと甲高い声で反応してしまった私に、マイクが一瞬笑みを見せつつ教えてくれる。

「もともと我が領とメリークは国境を接していることから、常に緊張関係にありましたが、ピア様の新しい技術を用いた地図の作成を契機に国境線の軍備を強化したことで、余計あちらは疑心暗鬼になったようです」

「こちらとしては当然の守備の強化で、メリークに現段階で攻め入る意図などなかったんだけどね」

ルーファス様がお茶で一服しながら言い添えた。

「これ以上スタンが軍備を増強する前に、大規模な攻撃をしかけて、優位な形で戦争を始めよう、という急進的な現政権を後押しする皇帝派の動きも察知しております」

「待って。先ほどの話では、ずっと失敗しているのでしょう？　なぜ懲りずに攻めることで解決しようとするの？」

「……とっておきの作戦でもあるのかもね」

こちらからはジリ貧に見えるのに、ルーファス様の推測ではメリークには何やら勝算があるらしい。

「でも、これはもうスタン領だけの問題ではないですよね？」

スタン侯爵領領主であるお義父様は我が国の宰相閣下だから、国としても当然把握済みの問題だ。

「うん。だが、いたずらに情報を流して国民を不安にさせてもよくないからね。もちろん時勢に敏感な人間は積極的に情報を仕入れ、備えていることだろう。そういえば先日のイリマ王女の手下が修道院に押し入り、〈マジックパウダー〉代わりの重曹を奪った件も、マリウス――つまりメリークが絡んでいると知れ渡っている。それも加わってメリークへの悪感情は日に日に増幅している」

当初、修道院でキャロラインが恫喝された事件は相手が誰かわからなかったこともあり、特に口止めもされなかったから、広まったようだ。

そしてイリマ王女を唆したのはマリウス・ベアード子爵であり、そのバックにはメリークがついているというのも国の上層部では暗黙の了解だ。ただ、きちんとした証拠は依然ないけれど。

だが、そのような証拠のない話は、案外お茶会の噂話として広まっているのかもしれない。たとえばアメリアのお母様——キース侯爵夫人のお仲間などによって。国を、最愛の娘アメリアを傷つけた元凶を、みすみす見逃す女性ではないように思う。

「ベアード子爵は今どちらに？」

「王都にいるよ。厚かましくも平常運転だ。彼の所業を知らずパーティーに招く、国の動静に興味のない家は案外あるからね。でも、いよいよあいつには見張りがついた。私に言わせれば遅いくらいだが、一定の効果はあるだろう」

「騎士団の見張りなど、その気になれば撒けますけどね」

「マイク、撒けば疑惑を深めるようなものだ。よっぽどのことがない限り、おとなしく監視されているだろうさ」

一見変わりなく見えるマリウスだが、王妃の庇護はなくなり、行動を制限されているようだ。早く尻尾を捕まえることができるといいけれど。

「なかなか穏やかな生活への道筋がつかず、もどかしいですね」

「うん。各国共にメリークにばかり労力を割くわけにもいかないしね。そろそろ打開に向けてあと一歩踏み込んだ制裁を科す国も出てくるだろう。パスマは経済制裁の対象を五品目増やす予定だと聞いた」

パスマ王国は我が国とイリマ王女の件で揉めたけれど、双方歩み寄り一応良好な関係を保っている。ルーファス様の交渉にロックウェル領の灌漑技術提供も少しは貢献できたようでよかった。

そんなパスマはメリークの息のかかったマリウスによって王女を操られ、騒動に巻き込まれそうになったことに怒り心頭らしい。今もってマリウスを野放しにしている我が国にも実際のところ怒っているのだろうが、王女が引き起こした騒動のため強く出られず、とりあえずの矛先は全てメリークに向かっているようだ。

「マイク、ご苦労様。下がっていいよ。明日は予定どおりだ」

「はい。おやすみなさいませ、ルーファス様、ピア様」

「マイク、おやすみなさい。また明日ね」

マイクが部屋を出た。ティーカップを片付けながら時計を見ると、一時間は話し込んでいたようだ。

「ピア、キリがよければ私たちも休もう」

「はい。お疲れ様でした」

書斎から出ようとすると、ルーファス様に手を取られた。

「……どうしてこんなに手が冷えてるの？　寒かったのなら言ってよ」

別に寒くはない……と言うより先に、私はルーファス様の腕に抱き上げられていた。

「ルーファス様！　まだ寝間着ではありませんので自分で歩きます！」

「ダメ！　季節の変わり目が一番風邪を引きやすいのに、冷え込んだ廊下を歩かせられるか。急いで部屋に行くよ」

長いルーファス様の足であっという間に二階の私たちの部屋に運ばれた。

「ピア、暖かい服に着替えておいで。それともう仕事の話はおしまいね」

寝間着に着替えて戻ってくると、ルーファス様が暖炉の火を手早く大きくし、部屋が一気に暖まっていた。ルーファス様がソファーから手招きする。

「今日もお疲れ様でした。それでは寝るまでどんなお話をしましょうか？　特にリクエストがなければ私が小一時間ほど、翼竜について説明しようと思うのですが」

「よくりゅう？　初めて聞くね。それも古代の生き物なの？」

「はい。簡単に言うと、空飛ぶTレックスです」

「そんなのがいたのか⁉」

「実際には異なるグループですが、同じ主竜類でして、小鳥の大きさのものから、この部屋くらい大きいものまで飛んでいたのです。空から狙われるって怖いですよね。逃げられない。私なんて運動神経が悪いから、上からパクっと食べられちゃう」

「……こんなふうに？」

「え？　あ……」

見上げた瞬間、パクっと唇を奪われた。

イリマ王女はこのアカデミーのどこかで、熱心に講義を聴いている。母国の水問題解決のために是非とも頑張ってほしい。

当分お呼び出しや急なお客さんは来てほしくないなあ……と思いながら、私も彼女に負けまいと研究室にやってきた。相変わらず制服に白衣姿、そしてメガネだ。もはやアカデミーではこの格好以外で過ごすことは想像がつかない。

「マイク、まだ私、制服姿イタくないよね？」

私はスカートを摘まみ、少し広げながらそう聞いた。

「痛い？　ですか？」

意味が通じなかったようで、マイクが目を眇めた。

「うーん、年甲斐もなく制服を着て、若ぶってる姿がみっともないって感じ？」

「そういう目線で見たことがないので……私の感覚では今、外を歩いている学生とピア様は大して違いありませんよ。そもそもピア様が既婚者ということが、一番身近にいるにもかかわらず信じられない……お小さい頃と表情や言動があまり変わらないからですかねえ」

約十年の付き合いであるマイクには、私がまだ子どもに見えているらしい。

「護衛の立場で言わせてもらえば他と見分けがつきにくい制服姿を、緊張が続く国際情勢の今しばらくは通してほしいですね」

「マイクがそう言うならば従うけど、似合わなくなったら正直に言ってよ？　恥をかくのは常に一緒にいるマイクなんだから」

「そもそも、まだ卒業してたった一年でしょうに。『イタい』と思ったらサラがちゃんと進言しますよ」

そういえばそうだ。サラのファッションチェックは辛口なのだ。

私はひとまず安心して、マイクがチェック済みの数通の手紙に目を通した。

資料や化石発掘現場に印をつけたオリジナルの地図を広げ、未開拓の土地の地質を推測し、そこからどのような化石が出そうか想像する。

やはり、以前から目をつけていて賭けの賞品にもしてもらっている王都の西の海岸線に行きたい……でも軍港がある……どんな理由づけをすれば入り込めるだろうか？　いつもであれば測量がエサになるのだけれど、軍港付近の地図を作ってもいいのかどうかも判断がつかない。

土地の管理は間違いなくしやすくなるはずだけれど、作画すればどんなに極秘扱いしようともいつの時点かで必ず流出するものだ。専門知識があれば地形から、どこにどの軍事施設がありそうか推測できる。つまり我が国の軍備を晒す恐れがあるのだ。

思考を脱線させながらも頭で描いた地質図をフリーハンドで描いていると、バタンと勢いよくドアが開いた。

「ピアちゃんっ！」

「あら？　学長」

このアカデミーの主、ラグナ学長がいつもどおりの黒ローブ姿でツカツカと入ってきた。心なしかいつもよりも目がキラキラと輝いて見える。

私は立ち上がって出迎えソファーを勧めようとするも、学長の実験で火傷の痕だらけの手にガシッと両肩を摑まれた。

「ピアちゃん、出たんじゃ！　地面からブクブク噴き上がりおった！」

「え？　また温泉ですか？」

私の結婚式で間欠泉が噴き上がったことは記憶に新しい。近隣で火山活動が活発化しているのだろうか？

「違う！　油じゃ！　真っ黒な油が出た。パスマのものと同じ、次世代のエネルギーを背負うと言われるアレじゃ！」

「まさか石油が見つかったのですか⁉　それも自噴⁉」

私は目を大きく見開いて驚いたが、よく考えればこの世界、埋蔵資源の分布図もないし、自噴でもしてくれない限り見つかりっこないのだ。

「それはそれは幸運でしたね。石炭よりもずっと使い勝手がいいはず……と何かの本に書いてあったような？　アージュベール王国の地下にたくさん眠っているといいですねえ。何はともあれおめでとうございます」

学長がこんなに喜んでいるところを見ると、国の資源開発分野の責任者にも名を連ねているのかもしれない。なんと言ってもこの国の不動の学術分野序列一位なのだから。

「何を他人事のように言っておる。ここからはピアちゃんの出番じゃぞ？　ほれ」

「え？」

学長から手渡された紙は、他の石油採掘候補地選定の調査依頼書だった。それも至急という赤い判子が右上に捺してある。

「な、なぜ私にこのような命令が下されるのですか？」

「あくまで依頼じゃ。なんでも陛下にかつて石油貯蓄岩と同じ模様をした化石をお見せしたというではないか。陛下が是非ピアにと言うておる」

――ジョニーおじさんと出会った時の、あの厚歯二枚貝のことだ。

「お、お待ちください。確かに厚歯二枚貝の化石が蓄積した石灰岩は、石油を胚胎していることもありますが、全部が全部そうではありません。石油の自噴なんて運でしかありま

せんよ。それでもその化石を目印に探したいのであれば、案外大きいのですぐ見つけられます。なので私でなくとも……」

実際、スタン領の河原で見たその化石は、一メートル四方ほどの大きさだった。

「ピアちゃん、陛下がどうしてもスタン博士を、とおっしゃっておる」

私は続く言葉を呑み込んだ。この国の貴族として、国王陛下を支え盛り立てる務めがある。それに陛下と学長には常日頃からとても世話になっている。

「一カ所だけでいい。地質学の第一人者であるスタン博士が現場で指揮し、指導したという実績が残ることが、国には必要なんじゃ」

私が返答に困っていると、後ろに控えていたマイクが声を上げた。

「ラグナ学長、調査の時期はいつ頃をお考えなのですか？」

「そりゃあ早ければ早いほうがいいのう」

「ならば、主に確認する必要があります。主はピア様の冬場の採掘を望まれません。そしてスタンの名を利用するのであれば、当主である宰相閣下にもお断りを入れていただくのが筋かと」

「確かに……ピアちゃんが病気にでもなれば、関係者全員殺られるか……わかった。わしからも宰相とルーファスに一筆書こう。返事は明後日までに頼むぞ」

私は学長に大きく頷いて、温かくて甘ーいお茶を淹れるために立ち上がった。

マイクが各方面に連絡を入れると、スタン侯爵邸で夕食をとるようにと指示があり、アカデミーから直接向かった。

既にルーファス様は到着されていたが、お義父様はご不在だった。

「相変わらずお忙しいのですね。ご無理なさらないといいですが」

「大丈夫よ。レオは自分の仕事を周りに振ることができる人だもの。さあ、食べましょう。久しぶりに二人の顔を見られて嬉しいわ」

「その仕事をかなり無茶振りされている息子がここにいるんですけどね。いただきます」

母子の遠慮のないやりとりを面白く思いながら、スタン領の煮込み料理を口に入れる。ショウガがピリッと効いていて全身が温まるようだ。

「それにしてもピアが地下の油の探索とはいえ、発掘がらみの仕事に、そんな浮かない顔をするなんて珍しいね。躊躇なく飛び出していくと思ったのに」

もちろんルーファス様もお義母様も事前にこの話を聞き、裏事情まで調べ尽くしているのだろう。

「ルーファス様、この広い世界で地下に埋蔵している油を発見できるなんて運でしかありません。もし私が『ここだ』と言った場所から、発見されなかったことを考えると恐ろしいのです」

石油がたかだか日本の大学院生の知識で、そうホイホイ見つかるわけがない！　と、学長から話を聞いてからずっと心で叫び続けている。そんな責任は負えない。

もし私がここだと言った場所に、散々人もお金も時間もつぎ込んだあげく何も出なかったら？　切腹ものではないだろうか？

「それに、しばらく測量の仕事や、化石の発掘はお休みしようと考えていたところだったのです。研究室も当面閉じようと。幸い私の研究室に生ものはありませんし」

「あら、どうして？」

「年末に結婚してまだ一カ月ほどしか経っておりませんが……私はスタン家の人間としての至らなさを痛感しております。改めて、お義母様にご指導いただきたいと。あ、お義母様にお時間がなければ、ロックウェルの母や祖母に教えを請いに参ります」

情けなく思いつつ、お義母様に頭を下げた。

「ピアのいわゆる花嫁修業は、とっくに終わったでしょう？」

「でも、いざとなると全く行動に移せなかったというか、場の雰囲気を壊さぬように俯いていることが精いっぱいで、自分で自分が不甲斐なく……。今度は座学ではなく社交の現場にみっちりぴったりお母様に張りついていき、実地研修させてもらいたいのです」

「……ルーファス？」

「ピアの好きなようにすればいい。今回の調査も私が断るよ」

お義母様が器用に右の眉だけぴくりと上げたが、ルーファス様は私に向かって優雅に微笑みそう言って、ワインを一口飲んだ。

そんな息子と嫁にがっかりするように、お義母様ははあ、とため息をついた。

「ピア、あなたは完全に思い違いをしています」

「え？」

お義母様は上品に口元をナフキンで拭い、言葉を続けた。

「ピアはスタン家の役に立ちたい、ルーファスの妻として隣に立っていられるくらいの貫禄が欲しいと思っているのでしょう？」

「は、はい」

貫禄は私には一生つかないと思うけれど、ルーファス様の隣にいて恥ずかしくない自分になりたい。

「ならば、なぜ、スタン家が王家に貸しを作る大チャンスを潰そうとするの」

「……あ」

静かなお義母様の言葉に呆然とし、手にしていたナイフとフォークを皿に戻し、膝の上でぎゅっと両手を握り込んだ。

「『ピアにしかできない、お願いします』と頼まれたのでしょう？　せいぜい勿体つけて協力してあげて、恩を売らないでどうするのです。まして不得手な作業でもないのに」

……目から鱗だ。私はなぜ研究者である自分とスタン侯爵家の自分を切り離して考えていたのだろう。

スタン侯爵家の人間という視点で見れば、王家の依頼を気持ちよく受けることこそが家の益になる。そして断ることは忠義を疑われるほどの問題ではないだろうけれど……確実に落胆され、評判を落とすだろう。スタン博士個人のみならず、家ごと。

「母上、別にピアが侯爵家を底上げしてくれなくとも私がきちんと維持しますよ」

「ルーファス、お黙りなさい。これはピアの今後の生きざまの問題です」

ルーファス様は眉間に皺を寄せて口をつぐんだ。

それでも私は少しでも自信を持った状態で、ルーファス様と共に人生を歩みたい。たとえ結果だけを見れば同じでも、その瞬間瞬間の私の心の在り方の、生きざまの問題である。

ルーファス様のお気持ちもよくわかるし、私の助けなどなくてもルーファス様がますますスタン家を盛り立てていくことは、もはや決定事項だ。

お義母様のおっしゃるとおりだ。

「確かにピアは　高位貴族女性として物足りないところはあるわ。具体的に言えば社交性とか度胸とか、貴族間の駆け引きとかね」

なんの反論もない。私はしっかり頷いた。

「でも所詮私とピアは別の人間です。派閥を広げ社交界を操ったり、領の資金を新規事業に投資し、利益を追求するような真似はしなくていい。私と同じ成果が出せるわけがないわ。逆に大やけどするのがオチよ」

　大やけどで済むわけがない。私がそんなことを始めれば、不評を買い、多額の借金を背負い、大炎上して燃えカスになるだろう。

「それよりも、自分の得意分野を活かしたアプローチでスタンに貢献すればいいの」

「で、ですが、私にできることなど、土まみれになって土地と向き合うことだけなのですが」

「とっくに知ってます」

「まあ、そうだよね。っていうか、我々の周囲はみんな知ってるな」

　お二人が間髪入れずにそうおっしゃった。

「ピアは私の娘になって十年経つのよ？　そして随分と卑屈になっているけれど、この私が直々に花嫁修業を施したのに、高位貴族に必要な常識や所作を身につけさせていないとでも？」

「うっ！」

　そう言われて息を呑む。確かに私は筆頭侯爵夫人であるお義母様の花嫁修業を一応卒業している。にもかかわらず堂々と振る舞えた試しがなく、ますます情けない。

　するとドアのそばで控えていたマイクが小さく手を上げた。

「恐れながら、サンプルは少ないですが、ピア様は極めて無難に社交を務めていらっしゃいます。これといった失敗などありません」

そうなのだろうか？　とにかく失言しないようにピリピリと気を張って応対しているけれど。

「だそうよ。つまり足りないのは経験値ね。緊張しすぎるところ、予期せぬ事態に対応できないところが弱点だけれど、それを知り、信頼できるサラやメアリをそばに置き、一人で立ち向かうはめに陥らなければ問題ないわ。そもそも侯爵夫人は悠然と座っているだけでいいのです」

その、悠然とが一番難しい。

「それとねえ、私はまだ若いの。当分隠居する予定はないわ。ピアの肩書はあと二十年は残念ながら侯爵令息夫人よ。わかった？」

「しょ、承知しましたっ！」

「よろしい」

「はあ。そろそろ口を挟んでいいかな？　ちょっとでも困ったことがあれば私に相談して？　夫婦なんだから。ピアは真面目だから悩みすぎて体を壊しそうで怖いよ」

ルーファス様が隣から手を伸ばして、膝の上の私の手をポンポンと叩いてくれた。

それからはルーファス様とお義母様の最新の王都と領地ニュースを聞きながら、ご馳走をいただいた。

肩の力が抜けた。社交は無理せず及第点狙い、そして自分の得意分野で満点を取って一発逆転！　というオリジナル戦法でスタン家に貢献しよう。

あと二十年あれば、きっと私でもスタン領とロックウェル領のために……なんとかイケるようになるはず！

決断したならば早いほうがいい。ジョニーおじさんと学長を安心させなければ、と早速例の現場に向かった。場所は王都から馬車で二日かかる王領だった。

ルーファス様も一緒に行くと言ってくれたけれど、どう調整しても二日以上の休みが取れなかった。

「ルーファス様、国内です。そしておそらく現時点では国で一番警備が厳しい場所です。私に妻としてお役に立たせてください！」

「ピア……」

スタン家精鋭の護衛を連れていくことで、なんとかルーファス様を説得することができた。ということで、この調査の私の護衛、同行者はマイクとメアリを中心に五人。いつも私に寄り添うサラはいない。

「メリークと緊張状態なうえ、国のエネルギー問題というデリケートな調査です。ピア様とサラ、二人を同時に全力で守れません」

と、マイクが言ったからだ。

「メアリのことは全力で守らなくていいの？」

「私は自分の面倒は見られますので大丈夫です」

メアリはそう言って、いつものように涼しげな微笑みを見せた。ザ・大人の女だ。

「メアリさん、いかにも侯爵家のデキる侍女って感じですね」

私にひそひそと耳打ちするのは、馬車にメアリと共に同乗している助手のアンジェラ。ちなみに足元にはソードとスピアも精鋭部隊の一員として乗り込み、アンジェラの匂いをクンクン嗅いでいる。

スピアの前脚を膝に乗せニコニコと笑っているアンジェラは、今日は深紅の髪を私同様襟足でまとめ、そしてなんとパンツ姿だ！　お父上の古着とのことで、良く似合っているけれど、ぶかぶかだ。

私がジャストフィットなのは、ルーファス様の十代前半の頃の古着だからだ。その頃のルーファス様ともうすぐ二十歳になろうかという私の体格が同じという……私、全然育たなかったな……と、車窓から葉の落ちた広葉樹林を眺める。

「アンジェラ、卒業前で忙しいところに誘ってしまって大丈夫だった？」

「はい。先日卒論の結果が出て、無事卒業が決定しました」

「わあ！　おめでとう。よかったねえ」

　真面目なアンジェラが卒論を落とすなんて思えなかったけれど、何事ももしもがある。結果が出るまでは不安なものだ。

「ピア様ありがとうございます。それで、私にとってはこっちのほうが重要なのですが、数学の今年度の順位は……」

　アンジェラはガイ博士と『今年度の数学の成績が学年一位だったら、博士と卒業後にデート』という賭けをしているのだ。

「うんうん、どうだった？」

　私のほうがドキドキして、手を組んで祈る。お願い一位来い！　アンジェラがデートに行けますように！

「残念！　まだ出てません。卒論は卒業に直接関係するから担当教授から口頭で教えてもらいましたが、各教科の成績は卒業前の最後の登校日に書面で貰うまでわからないのです。卒業できるからには可は取れたはずですが」

「順位は蓋を開けるまでわからないと」

　肩透かしにあい、力が抜ける。私は入学時に卒業していたイレギュラーアカデミー生だったので、正しい順序を知らない。

「それはそれは……落ち着かないねえ」

「だから、今回助手に指名してもらってとてもありがたいです。気が紛れます！」

「こちらこそ突然だったのに引き受けてくれてありがとう！　お礼になるかわからないけれど、ちゃんと国には助手としてアンジェラ・ルッツ子爵令嬢を帯同させると連絡してあるから。旅費も日当も全部支払われるからね」

今回は移動だけで往復四日、現地での実働二日と考えている。六日分の国からの報酬はまあまあの金額になるはずだ。軽く見積もっても卒業パーティー用のドレスと靴を買って、おつりが出るくらいには。

「国から正式に助手と認識されるのですか？　……どうしよう、こんな栄誉なこと……」

アンジェラが目を潤ませて、両手を頬に当てた。

正直なところ、アンジェラはまだギルドの男性たちほどの実力も経験もない。しかし真面目に意欲的に測量や地図作成を学び、将来有望なことは確かだ。それに、今回のように馬車に同乗して長い時間を共にするならば、やはり同性のほうが気が楽になる。

ルーファス様もアンジェラならばと賛成してくれた。

「協力し合って、お給料に見合う働きをしようね」

「はい！　あー嬉しい。マレーナもきっと喜んでくれます。マレーナもお手伝いに来たいと言っていたのですが、今回は王命で遊びではないと言って我慢させました。王命という言葉にますます目を輝かせちゃって、興奮をおさめるのに苦労しました」

「マレーナ、今も採掘や測量に興味を持ってくれてるの？」

　山に入り、測量や採掘することがどれだけ貴族女性として……異端か、私もよくわかっている。少しばかり功績があろうと学術分野序列五位であろうと、それは変わるものではない。表立った陰口を叩かれないのはルーファス様が守ってくださっているからだ。

　パンツ姿で泥をあちこちに被り、一部にはしたないと思われている作業を、少しずつ大人になりいろんな情報を仕入れているマレーナが、徐々に厭うようになっても仕方がないことだ。

　するとアンジェラは苦笑した。

「マレーナはピア様の一番弟子になると言って燃えてます。先日もルッツ領の小さな丘で前回学んだ技術を反復練習していました。さらに言えば私の部屋にこっそり入って、ピア様の指導をメモしたノートを盗み読みしています」

「え？」

「今や私たちは、どちらが先にピア様の技術を身につけ一人前になり、がっぽり稼いで我が家を豊かにするかのライバルなのです」

　マレーナがまだ寒い風が吹く屋外で、鼻を真っ赤にしてハンマーを振るっている姿が目に浮かぶ。本当に愛らしい。

「マレーナに、暖かくなったらまた一緒に採掘に行こうねって伝えてくれる？」

「ピア様っ！　わ・た・し・が一番弟子ですからねっ！　ちっちゃいからってマレーナを贔屓しないでください！　これは年齢も姉妹も関係ない真剣勝負なんですから！」

「えー？　どうしても、マレーナにはジャッジが甘くなっちゃうわー」

「ピア様っ！」

そんな和やかな会話をメアリと二匹に見守られながら、私たちは現地に向かった。


現場は思った以上に物々しい雰囲気だった。

森が大胆に荒っぽく切り開かれ、野営用の大きなテントが三つ建てられている。そして赤い制服の騎士が大勢せわしなく動き回っていた。

馬車のドアが開き、周囲を警戒していたマイクが中に入ってきた。

「マイク、思ったよりも大掛かりなことになってるね」

「はい。騎士団員は身元がはっきりしているはずですが、末端までは私も把握しておりません。ピア様、アンジェラ様、くれぐれもスタンの制服を着た者とメアリ以外についていってはなりませんよ。そうですね、アンジェラ様には……スピアをつけます。ピア様はソードで」

マイクは一目で犬と私たちの相性を判断したようだ。

「お休みになるのはあそこに見えるうちのテントです。そこにあるもの以外の飲食物を口にしてはなりません」

私とアンジェラは車窓から黒鷲の紋章の旗をつけたテントを発見し、マイクにしっかり頷く。先乗りしたマイクの部下や、測量ギルドに所属する弟子たちが、準備を済ませてくれていた。

それはそうと国の調査で出る食事を疑っていいものなの？　とチラッと思ったが、国の医療師団のトップが毒を盛っていたことを思い出し、すぐに納得した。

ソードを従え、マイクのエスコートで馬車を降りる——パンツにブーツ姿の私に手を添えなくても問題ないのに——と、騎士が数人駆け寄ってきた。皆大柄で、思わずビクッと体を震わせたが、マイク兄さんがいるから大丈夫と気持ちを静め、背筋を伸ばす。

先頭の騎士とマイクが一言二言話したと思ったら、後ろから筋骨隆々の日に焼けた中年の男性が騎士たちを脇に払いのけながら前に出てきた。

赤の騎士団服を着ておらず、私と同じような汚れても平気なシャツとパンツ姿で、まだ冬の朝方だというのに軽く汗をかいている。

ソードが当たり前に私の前に出て唸り、威嚇する。

この地をよく知る案内人だろうか？　と一瞬思ったが、その鮮やかな赤髪にハッとした。

なぜこの国は偉い人ほどラフな服を着ちゃうのだろうか⁉

私はソードの頭をそっと撫でて落ち着かせ、控えめに頭を下げた。

「おはようございます。コックス騎士団長」

「おはようございます。スタン博士。こうして直に対面するのは、スタン侯爵邸以来ですな。その節はお世話になりました」

騎士団長がヘンリー様に似た笑顔を見せながら、武人らしく腰から綺麗に体を倒し、最敬礼をした。

「き、騎士団長！　どうぞ頭をお上げください」

「スタン博士、この度は陛下の招へいとはいえ、急な調査にご協力いただきまして、感謝いたします」

団長はそう言うと、大きくごつごつした手のひらでそっと私の右手を取り、手の甲にキスをした。声を出しそうになったがすんでで堪える。しかし、周囲の騎士たちはどよめいた。

なるほど……これは牽制なのだ。この場のトップである団長が敬意を示してくれることで、小娘の私がばかにされないように。ルーファス様か、陛下の指示なのだろう。ありがたいことだ。確かにこれで、私は自由にふるまえる。この厚意を無駄にしないよう堂々としなくては。

「騎士団長、お出迎えありがとうございます。国家のために誠心誠意務めを果たします」

「さあ、長旅でお疲れでしょう。ひとまず我がテントへ、温かい飲み物をご用意しております」

「え？　えーっと……団長、申し訳ありませんが私どものテントにご足労いただけますか？」

「ああ、なるほど……ルーファスだもんなあ……ええ、どこでも構いませんよ」

　さりげなく出された団長の肘に手を添えて、スタン家のテントに向かった。

「騎士団長、お久しぶりです。先ほどは過分なお心遣いありがとうございました。おかげで自分のやり方で動き回ることができそうです」

　メアリの淹れてくれた安全なお茶を勧めながら、私は改めて若輩者として頭を下げた。このテントの中にはそういった事情を理解できない人間はいない。

「ん？　……どうやら勘違いをしているようだ。部下に見せしめるために博士に恭順を示したわけではない。わしは無骨者だから博士の詳しい研究のことはさっぱりわからない。しかし陛下に、騎士団の責任者として最新の我が国の地図を見せてもらった。衝撃だった。わしは国の防衛にあたる騎士の一人として博士の働きを手放しで称賛している。落ち着いたらうちの領地にも一度招待させてほしい。大歓迎するよ」

「あ、あの、私の仕事などほんの一部で、一番面倒な手続きやルール作りは、義父や、お、夫やたくさんの人に助力をいただいております。そのように褒められると困ってしまいます」

ヘンリー様そっくりの青い、真っすぐな瞳で見つめられながら称えられて、私は慌てて団長の思い違いを訂正した。

「ふむ。これはレオやルーファスがこのように警護を固めるのも理解できるな。この気質は得難いが危うい……。では博士、改めて……。わしはヘンリーの父親だ。そして博士はヘンリーとエリン嬢の恩人。つまり、コックス伯爵家の恩人だ」

団長は武の集団のトップから、一瞬で『お父さん』の顔に変わった。

「博士は心身が蝕まれ命の危険に晒されたヘンリーを救い、名誉挽回の剣術大会を発案し、コックス家に未来を残してくれた。わしは博士に自分の剣を捧げてもいいと思うくらい感謝しているよ。まあ、とっくに陛下に捧げちまってるから無理なんだが」

再度頭を下げようとする団長を慌てて止める。

「ヘンリー様もエリンも私の数少ないお友達なのです。お友達のために頑張るのは当然でしょう?　ああ、ヘンリー様のお父様なのだから、内々では私のことはピアとお呼びください。そして改まった言葉遣いなどおやめください」

王都の治安を背負い、私たちの日常を陰に日向に守ってくれているお方に何度も平身低頭されるなんて勘弁願います！

「そうか？　……じゃあ、まあいいか。かしこまった言葉はどうも苦手でね～！　でも呼び捨てにするとルーファスに殺されかねんからやめておく。わしも学長や息子を真似てピアちゃんと呼んでいいかな？　ヘンリーたちと同い年と思うとつい子ども扱いしたくなる。ダメか？」

そう言ってニンマリと笑う表情は、もはやヘンリー様そのものだ。

「いえ、そのほうがお話ししやすいです。あの、ルーファス様ともご親交が？」

「まあルーファスはわしにとっちゃ、小さな頃からバカ息子の面倒を見てくれる頭の上がらない坊主だな。軍の幹部に名を連ねたことでもあるし、たまには王宮の騎士団訓練所に顔を出し、体を動かすように言っている。とはいえこの数カ月はそんな時間すら作れんようだが」

ルーファス様を呼び捨てにできる人間ということは、ルーファス様そしてスタン侯爵家が一目置く存在ということだ。団長は心身共に別格の強さをお持ちなのだろう。

「私のこともルーファス様と共によろしくお願いします。そしてご子息が結婚されたあとも、エリンと交流させていただきたいのですが」

「もちろんだ！　エリン嬢を支えてやってくれ」

私は今後の行動予定、調査の手順を団長にお話しし、理解を求めた。団長は頷きながら聞いて、この場にいる騎士全員に徹底することを約束してくれた。

それから私たちは油がブクブクと湧き出ている場所に団長直々に案内された。

鼻にツンとくる匂いが漂っていることから、硫黄成分が多い油——サワーオイルのようだ。硫化鉄鉱もどきも硫黄臭がしていたから、我が国はそういう土壌が多いのだろう。

最も厳重な警備が敷かれた場所を団長と共に見学することができたので、いろいろと気をつかわずに済んだ。初めて見る光景はなるほどなぁとは思ったけれど、感激はしなかった。私は化石にしか興味がないのだ。

「どうだいピアちゃん」

「いや……精製するのが大変そうだなって思いました」

「まあ、そのへんは一歩先をいってるパスマにでも聞くんじゃないか？　もういいのか？」

「はい。ここで私が役に立てることはありません」

私たちが現場を離れると、団長はニコニコと手を振って、さっさと馬で王都に戻っていった。あのペースで走れば、今日中に帰還するだろう。

「お忙しい身でしょうに、わざわざ私にも時間を取ってもらって申し訳なかったわ」

「騎士団長は自分にとっての最善で行動されているだけですよ。さあピア様、ここからどうされますか？」

「周辺の地図を借りてきてくれる？　それを見て同じ地層と推測できる、近場で踏み入れやすい場所を片っ端から当たりましょう」

マイクが一礼してテントを出ていくと、アンジェラが首を傾げた。

「ピア様は地図を持っていないのですか？」

「こんな内陸の王領、さすがに測量してないよ」

私がこれまで陛下に依頼されたのは、過去に水害のあった海岸線とか国境周辺ばかりだ。

そしてマイクが借りてきたものは、なんともぼんやりした、一筆書きのような地図だった。

「嘘でしょう？　この地図っぽいシロモノをもとにして私たちに探せと？」

アンジェラが呆気に取られるのも無理はない。彼女は導線法をマスターした測量ギルドのメンバー作製の地図を、何十枚と複写バイトしてきた、この世界で私の次に地図に詳しい女性なのだ。

「きちんとした地図が必要ないほど、これまでこのあたりは平和だったってことよ」

しかし油が出たこれからは違う。国の最重要地帯になるだろう。

手元の地図？　では西に向かって山肌が延々と続いているようだ。

「とりあえず馬で走って分け入れるところへ行ってみよう。で、今日中にキャンプ地に戻れる場所の限界地点で引き返す」

「「わかりました」」

私はマイクに、アンジェラはうちの護衛の一人に馬に乗せてもらって駆けだした。
両脇は犬たちが走り、後ろからは赤い制服の騎士も数名ついてきている。護衛と見張り、両方を兼ねてだろう。

ふと、王妃が療養に入った今も、この見張りの騎士に濁りのある水晶すら回収されてしまうのだろうか？　などと思いつき、憂鬱になる。

王妃とはおそらく二度と会うことはないから〈妖精のハート〉を取り上げられる心配はなくなったけれど、やはり普段使いにピンクダイヤは重すぎる。なのでルーファス様の指示がない限り、日常は〈妖精の涙〉一連だ。そのネックレスは今もシャツの下にある。

このルーファス様の瞳そっくりのエメラルドとも付き合いが長い。身に着けていると、常にルーファス様と一緒にいるように思える。弱気な私に力を与え、落ち着かせてくれるのだ。

服の上から〈妖精の涙〉をぎゅっと掴み、自信を持って行きたい方向に指差すと、マイクがなんとか獣道を見つけて藪の中を分け入ってくれる。

そうして辿り着いた山肌で、私とアンジェラが念入りに厚歯二枚貝の化石を探す。アンジェラには研究室で現物を見せている。

それを何度か繰り返し、一日目は終了。テントの中でメアリと犬に、外でマイク、そのさらに外側で騎士たちに守られながら休んだ。

「ピア様……テントなのに、ルッツ子爵家の室内よりも暖かいんですけど？　愛されてますねえ」

「私がすぐ風邪を引いちゃうものだから、きっと……」

過保護なルーファス様の準備した簡易ストーブやふわふわの枕(まくら)や毛布のおかげで、この世界で初めてのキャンプは快適すぎるほどだった。

そして翌日、昨日よりも一気に遠くまで駆けて作業を繰り返していると、随分前に崩(くず)れたと思われる山肌で、無事に厚歯二枚貝の集団の化石を見つけた。安堵(あんど)から全身を使って大きく息を吐(は)く。

「やりましたね、ピア様。思ったより小さいのが密集してるし、サンプルで見せてもらったのと形もちょっと違うんですね。生きていた時代が何万年単位で違うのかな……」

「うん、ひとまず肩の荷(に)が下りたよ。そもそもTレックスなんかに比べれば、見つけやすい化石ではあるんだけどね。どなたか国の担当研究者を呼んできてもらえますか？」

私はギルドの皆に測量とスケッチを指示し、駆けつけた国の担当者に現状を見てもらい、簡単にこの化石と地層の特徴(とくちょう)、サンプルの採取方法をレクチャーして、詳しくは王都に戻ってレポートを提出すると約束し、速(すみ)やかに撤収(てっしゅう)した。

全行程六日の旅を終えて帰宅した。

入浴し、さっぱりしたところでルーファス様が戻られた。

「おかえりなさいませ。こんなに早いと思わず玄関でお出迎えもせず……」

「当たり前だ。ピアが帰ったと連絡が来て、すぐに馬車に飛び乗ったよ」

両頬を彼の手がそっと包み、額と鼻先にキスをされる。

カチャリとドアの閉まる音がしたのでそちらを見れば、先ほどまで荷物の整理を手伝ってくれていたサラが退出していた。

「まだ寒いのに私のピアを山の中で野営なんかさせて……」

「野営はたった一日で済みました。それにルーファス様のおかげでテントの中はとっても快適でしたよ。ソードが添い寝してくれましたし」

ルーファス様は流れるように私を抱き上げて、そのままソファーに座った。

「全くもう……。侯爵家の人間、それも女性の身でありながら、文句一つ言わずテントで寝たと、スタン博士の評判は王宮で急上昇中だよ？」

「ええ？　そんなことで？」

お天気も良くて、私とアンジェラはメアリの豊富な女子バナを聞いて退屈する暇もないほど楽しいキャンプ生活だったのだけど。

　すると、ルーファス様はいかにも呆れたという表情で私を見下ろした。

「そんなこと、じゃないよ。そして、ピアの指導した国の研究者がピアの見つけた周辺であと二カ所、あの化石を発見したらしい」

「よかった……これで私はお役御免ですね。そこを掘ったからといって簡単に油が出るとは限りませんが」

「そんなの王家の金で勝手にするだろう。パスマから技術者でも呼んで、掘削でもなんでもすればいい。我々に責任などないし、絶対にその事業の担当になどなりたくない。とはいえこの時世だ。きっと立ち入り禁止にして、しばらく放置だろうね」

　ルーファス様の仕事がこれ以上増えないように、私も切に願うけれど、一応その世界の第一人者である私の夫なのが、凶と出そうな……大丈夫だろうか？　いや、ルーファス様は『嫌だと思ったことは絶対にしない正直なお人』だから大丈夫だろう。

　とにかく、私の守備範囲である仕事を無事に終わらせることができた。

「あ、あの、ルーファス様、私、お役に立てましたか？　お義母様、よくやったと言ってくださるでしょうか？」

　私が焦ってそう聞くと、ルーファス様は目元を和らげた。

「もちろん。ピアにしかできないやり方で頑張ってくれたね。ありがとう。でも……」

「でも？」

「ピアは楽しかったようだけど、私はとても寂しかった。少し拗ねてしまいそうだ」

「え？　え？」

イリマ王女の件では、離れることに散々怯えていたのは、私のほうだったのに。

「しばらくピアをひとりじめしたいのだけど、いい？」

耳元でそう囁かれて、私の顔がどんどん熱くなっていく。

「は、はい……」

私の返事を聞くや否や、彼の腕が私の頭と腰に回り、全身をルーファス様で包み込まれた。

「ピアは私のものだ。誰とも分け合うつもりはない」

数日後、その油田が襲撃された。

第二章　二度目の襲撃

深夜に油田襲撃の一報を受け、夜明け前にルーファス様はバタバタと王宮に向かった。ルーファス様は宰相補佐だ。この大事件に対処するためにしばらく泊まり込みで仕事になるだろうと覚悟していたら、翌日の夕方、少し疲れた表情で帰宅した。

「ルーファス様！　おかえりなさい」

「うん。ただいま」

「あの、あの」

「油田は奪い返したよ。安心して。詳しくは食事のあとね。ピアの顔を見たら安心してお腹がすいてきたよ」

「みんな！　急いで夕食の準備を！」

ルーファス様が入浴し二人で夕食をとったあと、いつものように私室に落ち着き、ソファーに隣り合って座った。

「襲撃犯は最短で制圧された。ピアに挨拶するために騎士団長はあの場に一度、足を運んでいただろう？　その時に土地を把握していたから、駐屯していた騎士に指示してあっという間に奪還したそうだ。敵は偽装していたものの、ちょっと揺さぶっただけでメリーク兵だと白状してね。その稚拙さに団長や騎士団の幹部たちは苦笑していた」

「ちょっと待ってください。ルーファス様、騎士団長はわざわざ私に挨拶のためにいらしたのですか？　私が仕事しやすい環境を作るためではなく？」

「環境を整えたのは後付けじゃないかな？　私のいない場面でピアと一対一で話してみたかったんじゃないの？　陛下の護衛中、ピアの話題がしょっちゅう出るし、興味深々だったんだろう。ヘンリーが好奇心旺盛なのは団長譲りだよ」

　全く面白みのない人間だとわかって、がっかりされたのではないだろうか？

「はあ、そうなのですか。だとしてもこの騒動で誰の頭からも私のことなど記憶の彼方でしょう」

「残念ながらピアの言うとおりだよ。陛下は油の噴出を明るいニュースとして国民に発表するタイミングを考えているところだった。そんな周知されていない情報が漏れたこと、あっさり敵に入国を許したことに頭から湯気が出るほど怒っているよ。国内に内通者がいることは確実だろう」

「ひょっとして……私も取り調べを受けるのでしょうか？」

　私にはソフトに接してくれたけれど、団長たるもの業務では誰より厳しいに決まっている。あの土地の存在を知る者全てに調査を命じるかもしれない。

「ピアを取り調べるなんて言うバカがいたらただじゃおかないけど」

ルーファス様は冷たくそう言い放ったと思えば、安心させるように私のこめかみにキスをした。彼の不意打ちのキスには、いつまで経ってもドギマギする。

「え、えっと、それにしても、手段を選ばずこうもすぐ捕まるような襲撃なんて、メリークは指揮官不足なのでしょうか？　それともよほど切羽詰まっている？」

「両方だろうね。メリークは昨年秋の収穫も不作で民は苦しい生活を強いられているらしい。今回のような資源と、西と南への海路欲しさに加えて、貧困にあえぐ国民の不満を国政に向けさせないために、奇襲からの戦争をしかけてくる可能性がこの数カ月の間にある、と研究機関から分析が上がっている」

「いよいよ……戦争……」

無意識に自分の腕をさすっていると、ルーファス様に覗き込まれた。

「怖い？」

「もちろんです。戦争は結局、力のない国民が一番影響を受けますもの」

戦争は勝っても負けても大事な人が傷つき、土地が荒れる。ダメージを受けたうえに、数年間は復興に財産も労働も費やさねばならなくなる。占領されるよりはましだけれど。

「だよね。怖がるのが普通だよ。善良な市民がこれまで積み上げてきたものを一瞬で破壊し、愛する人間同士を引き離すのが戦争だ」

ルーファス様が自分と同じ感覚だったことに安心し、しっかりと頷く。

「正直なところ、我が国はメリークと戦って勝つだけの国力があるよ。でもピアの言うように、戦争は国民を疲弊させ、国の健全な成長を止める。戦争をする利より、戦争することによって被る不利益のほうが手痛い。あー、それがわかっているから、なんとか外交で和平を整えようと、休みもなく働いているというのに！」

ルーファス様が両手でガシガシと自分の頭をかき乱す。

「そもそもアージュベール国内の世論はメリークの血気盛んな動きに腹を立てているものの、それを戦争で解決しようという気運ではない。それにピアのおばあ様の世代にはメリークとの前回の戦争で苦しんだ記憶もまだ新しく、また戦争にでもなれば、ジョン王と現政権に失望するだろう」

今から約四十年前、我が国とメリーク帝国は国境線をめぐる小競り合いから戦争に発展した。我が国が勝利し領土を維持したものの、その苦い経験は当然祖母はじめ当時を生きた多くの国民の心に影を落としている。

ちなみに敗戦したメリークでは、当時の皇帝の責任が問われ、『弱腰だから負けたのだ。国をもう一度強くする！』というスローガンを掲げた急進派（現・皇帝派）に担がれた第二皇子が、若くして父である皇帝とその後継だった第一皇子を引きずり下ろし、皇帝となり、今に至る。

そして我が国も前王の崩御により、ジョン王の御代になった。

「どうすれば……よいのでしょうね」

戦争は避けたい。でもメリークは次々とちょっかいを出してくる。

「万が一の準備は抜かりなく進めているよ。それが私の仕事だからね」

愚かなメリークが一方的に戦争をしかけてきた時のために戦う準備もしつつ、諸外国と連携し経済制裁の程度を見極めつつ、平和裏にメリークを抑え込む道をも探るルーファス様。私はそっとルーファス様の大きな手を包み込んだ。

「ありがとう、ルーファス様。私たちのために身を粉にして働いてくれて」

「……そうだね。ここで踏ん張ることが結局ピアや未来の私たちの家族の安寧に繋がるんだ。頑張るよ」

ルーファス様はぎゅっと手を握り返したあと、肩を抱いて私を引き寄せた。

「……あまり気は乗らないが、もはや綺麗事など言っていられない。そろそろ経済制裁以外の手も打つか」

「ルーファス様？」

「ああ、声に出てた？　疲れてるのかな、独り言だよ」

そう言われ改めて顔を覗き込むと、目の下には隈ができて、私に微笑む顔もどことなく精彩がない。

「それはいけません。さあもうベッドへ！　サラにロックウェルの祖母直伝の薬草ジュースを作って持ってきてもらいますね。私はお義母様から課題を明日までに提出するよう言われていますので、ルーファス様に負けないよう頑張ってきます！　書斎をお借りしますので、ルーファス様は静かなこの部屋でゆっくりお休みください！」

「え？　ちょ、ちょっと待ってピア！　一緒に……くそっ！　母上め！」

扉が閉まる瞬間、何か悪態が聞こえたような気がするけれど……ルーファス様に限ってそんなことあるわけがない。

王都は落ち着かない空気が流れるようになってきた。

そんな中でも普通の生活を普段どおりに送ることこそが最善と信じ、イリマ王女の来襲以来、さっぱり捗っていない通常の研究をして数日過ごした。

ようやく本調子に戻ってきたなと思いながら、両手を高く上げてストレッチしていると、研究室のドアがノックされた。いつもどおりマイクが応対に出たので、私は引き続き顕微鏡を覗いていたのだが、肩をそっと叩かれる。

「マイク、何か急ぎの用事だった？」

またイリマ王女じゃないよね？　とちらりと思いながら首を傾げた。

問いにマイクは首を振ったが、険しい表情だったので、思わず身構える。

「実は一昨日、フォスター修道院が複数人による襲撃に遭い、キャロラインはじめ数人が負傷しました。詳しいことがわからなかったので、ピア様にはお伝えしなかったのですが」

「え？」

思わぬことを聞かされて呆然とする。一体誰が？　目的は？　どうしてこんな短期間にあの修道院ばかり狙われるの？

「怪我をしたっていうこと!?　彼女や修道院の皆様のご様子は？」

「重傷者は至急王都に運ばれ、本日到着し治療を受けています。その中の一人であるキャロラインが、『白衣さんを呼んで！　白衣さんに会いたい！』と泣きじゃくっているそうです」

キャロラインの言う『白衣さん』とは私のことだ。なぜ……私を呼ぶの？

「そ、それでキャロラインは回復したの？」

「治療はひととおり終わりましたが、当分は自力で立ち上がれないほどの怪我だということです」

「そんな……」

先日パスマの間者に恫喝されたばかりというのに、今回また襲われて大怪我。どれだけ恐ろしく、辛かっただろうか？

そんな彼女が私を呼んでいる。

「……ルーファス様はなんと？」

「ピア様に任せるそうです」

「いつでも面会できるの？」

「ピア様には許可が下りています」

「今から行く」

「かしこまりました」

私は急いで机の上を片付け、王都北部の自然豊かな医療師団本部の病院に向かった。

小雨の中、病院に到着すると、先導するマイクの後ろをついて病室を目指した。アカデミーの制服姿は場違いなのか、すれ違いざまに指を差されているけれど、そんなことに構う余裕はない。

三階に上がると、騎士が前に立つドアがあった。

「スタン侯爵家のピア様です。宰相閣下からのお許しを得ています」

マイクの簡潔な挨拶に、騎士は脇に退いた。ノックをしたが返事はない。騎士と目を合わせると頷いてくれたので、そっとドアを開けた。

キャロラインはこちらに背中を向けて横たわっていた。一瞬眠っているのかと思ったけれど、よくよく見ると、毛布の下の体が小刻みに震えている。彼女は声を押し殺して泣いていた。数日では癒せないほどの傷を、心にも体にも負ったのだ。

そして彼女は母親もラムゼー男爵もいない今、本当のひとりぼっち。私に慰めることができるだろうか？　と少し不安になったが、私は彼女に選ばれ呼ばれたのだ。ベッド横まで歩み寄り、怯えさせないように小さな声で語りかけた。

「キャロラインさん？」

キャロラインの肩が大きく震えた。そしてゆっくりと体をひねり、私のほうを見る。

「は、白衣さん、来てくれたの？　ホントに、ホントに白衣さんだわっ！　う、うわあああぁ……」

キャロラインはどこか痛むのか、顔を歪めつつも私に向かって両手を差し伸べた。慌てて椅子を引き寄せ腰かけて、キャロラインに向け体をかがめると、彼女は私の首に両手を回し、縋りつくようにして泣きじゃくった。

私はそんな彼女を抱きしめ、ただただ、彼女の背中を上下にさすり続けた。

十分ほどそうしていると、キャロラインの泣き声は鼻をすする音に変わり、ゆっくりと顔を上げた。

「ごめんなさい。白衣さんの白衣、私の涙と鼻水でグチョグチョになっちゃった」

「気にしないで。白衣は汚れるためにあるの」

そう言いながら、いつかアカデミーでもこういう会話をしたことを思い出した。

キャロラインも思い当たったようで、二人で目を合わせてクスッと笑った。

「白衣さん、今日もアカデミーにいたの？」

「そう。アカデミーであなたのことを聞いて慌ててやってきたの。大変な目に遭ったね」

話しながら、テーブルの上のタオルを引き寄せ、彼女の涙をそっと押さえた。左頬には殴られたのか、大きな白いガーゼが貼ってある。

「……痛かったよね。ううん、今も痛いよね」

毛布で見えない場所にも、きっと頬と同じような怪我をしているのだ。想像するだけで震えそうになった。

「白衣さん、ここ、本当に安心できる場所なの？　もう嫌！　恐ろしいの！」

天涯孤独のキャロラインは、二度も襲撃に遭い、もはや誰を信じていいのかわからないのかもしれない。

「もちろん。でも不安だよね。もう一度私からも知り合いを通して、この病院でのキャロラインさんの生活の安全をくれぐれもとお願いしておくから」

おかげさまで偉い人にはたくさん知り合いがいる。今このコネを使わずに、いつ使うというのだ。

「本当？」

「約束する」

そう言って私が小指を立てて差し出すと、キャロラインは真剣な表情で自分の小指を絡ませた。この世界にも子どもの遊びとして指切りはある。日本発のアプリゲームに似た世界だからかもしれない。

「……指切った」

「うん。これで私は、約束を破ったら針千本飲まないと」

「ふ、ふふ。それなら絶対に約束を守ってくれるわね」

キャロラインが小さく笑った。信じてくれたみたいだけれど、これ以上彼女が傷つかないように言葉選びに気をつけなければ！

「事件のこと、話せる？　実はまだ犯人が捕まっていないから、何か特徴とか覚えていたら教えてほしいの」

そう聞いた途端、せっかく泣き止んだ彼女の表情は沈んだ。

「ご、ごめんなさい！　無理しないでいいよ。また、日を改めて……」

慌てて前言撤回しようとすると、キャロラインはそんな私の言葉に被せてきた。

「ううん……協力する。放っておくと新たな被害者がきっと出る。だってあいつ、絶対にまともじゃなかったもの」

「キャロラインさんの言うとおりだね……ありがとう」

キャロラインはこんな大怪我を負ったにもかかわらず……正しくて強かった。修道院での生活で、〈マジキャロ〉と関係ない頃の本来の自分を取り戻したのかもしれない。

それにしても、犯人のことを何か知っているのだろうか？　と考えながら、枕やクッションをヘッドボードに立てて、キャロラインを座ったまま寄りかからせた。具合を聞くと、彼女はごそごそと体をよじらせ、自分の楽なポジションを見つけ、ほうと一息ついた。

「ありがとう……前回の……パスマの王女様の部下の時は、お客様と言って昼間に堂々とやってきて応接室で応対した。それでも高圧的ですごく怖かった。でも今回は夜中に突然叩き起こされて、髪を掴まれてベッドから引きずり下ろされて、いっぱい殴られ蹴られて……」

「ひどい……なんでそんなことを……」

睡眠中の無防備な女性に暴力を振るうなんてありえない！　あまりの理不尽さに言葉も出ず、私は自分の口を両手で覆った。

「言うことは前と一緒だった。あの、白い粉を出せって怒鳴るの。犯人も前回の男もアレのことを〈マジックパウダー〉って言ってた。前の時は手元に重曹があったから、それを差し出したらすぐ帰ってくれたわ。でも今回は重曹がなかったから何度も何度も『早く出せ』って殴られて……」

「護衛は？　前回の事件のあとで修道院は護衛が増えたと聞いたよ？」

「護衛はついたけど夜の当番は二人なの。普段は呑気な土地だからそれでもありがたいって思ってたのよ？　あとで聞けば、玄関で既にやられてて、二人とも重傷で私と一緒にここに運ばれてるって」

国が派遣した護衛だ。きちんと教育された騎士か兵士だろう。そんな二人が重傷を負うということは、倍以上の人数に襲われたのだろうか？

「とにかく私を守ってくれる人はいなかった。そして『〈マジックパウダー〉を出さないと院長や他の女を一人ずつ殺していくぞ』って……」

〈マジックパウダー〉という名称は〈マジキャロ〉ベータ版ユーザーだったカイル発祥だ。私の発見した鉱物毒――検証の結果同じと結論づけられたメリークの毒――を〈マジックパウダー〉と呼ぶのを知る人間は、直接毒発見に乗り出した私の周辺の人間と、ラグナ学長の書いた報告書を読める立場にいた者だけ。

そしてその立場にローレン前医療師団長もいた。あの人はメリークの間諜。となるとやはりキャロラインを襲ったのはメリークなの？

「白い粉なんてとっくに持ってないのに食い下がられて怪我を負わされて……こんな抵抗

もできない人間にひどい……」

　私がそう言うと、キャロラインはなぜか視線をそわそわと、さまよわせた。

「キャロラインさん？」

「実は……持ってたの、まだ」

「え？　何を？」

「あの粉、実は持ってたの。ずっと持ってた。だって便利な粉だと思っていたんだもの！　でも、白衣さんにあれは毒だったと教えてもらったから、私、持ってることがバレたらまた牢に入れられちゃうって思って！」

　キャロラインは顔を歪めながらとんでもないことを暴露した。そして堰を切ったように秘密を曝け出した。

「あんな粉、早く捨てたかった！　でも毒を土に埋めたり川に流したりできないでしょう？　だからずっと、手放すこともできず持ってたの！」

「そんな……」

「殴られて蹴り飛ばされて、足や腰の骨を折られて、もう恐怖しかなくて、この暴力が終わってほしくて、あの男に渡してしまった！　私は！　犯罪者に！　毒を！」

「渡してしまったの!?」

　つい、いつもよりも大きな声で、聞き返してしまった。

「だって、渡さないと院長やみんなも殺すって！　あんなに優しかった人たちを！」

「ああっ！　ごめん！　キャロラインさん……」

まさか〈マジックパウダー〉を持っていたなんて！　とか、その〈マジックパウダー〉が凶悪犯に渡ってしまった！　とか、頭をぐるぐると回ったけれど、そんな大きな問題は今はマイクに任せよう。開けた扉の向こうで話を聞き、目を丸くしているマイクに頷くと、マイクは小さく頭を下げて消えた。

私は再び苦しげに嗚咽するキャロラインをしっかりと抱きしめる。キャロラインの行動の是非なんて私は判断できない。ここにいるのは理不尽な暴力を受けた被害者だ。

「軽蔑したでしょ？　私のこと」

「するわけない！　私があなたでもそうするしかなかった！」

「わ、私のこと責めないの？」

私は大きく首を横に振った。

「責めないよ。夜中に一方的に襲われた非力な人間に、何ができるっていうの？」

前世の私はその一方的な暴力で……死んだのだ。

「ふ、ふふ、白衣さんは……優しいね」

「生き残ってくれただけで十分なんだよ？　それにどう考えても悪いのは襲撃した犯人でしょう！」

キャロラインは罪を犯し服役中の身ではあるけれど、十分に反省し更生中だ。彼女がもし賊に襲われて死にでもしたら、悲しむ人間が必ずいる。

例えば私や、たびたびお菓子の差し入れをしているカイルに修道院の皆様。そしてたぶん、フィリップ殿下も……。

そんなことを考えていると、キャロラインがぎこちない動きで自分の涙を拭い、私と真っすぐ視線を合わせた。

「白衣さん……あのね……あの男の暴力、死ぬほど痛かった。でもそれよりももっと怖いことがあったの。聞いてくれる？」

私は迷わず頷いた。もういっそ、この機会に全て吐き出したほうがいい。そして心を空っぽにして休めば、次に目が覚めた時には幾分落ち着いているだろう。

「わ、私ね、おかしな人間と思われるかもしれないけれど……前世の記憶があるの」

「…………」

私は気合で驚きの悲鳴を呑み込んだ。彼女の不安げな表情を見れば、口に出すことにかなりの覚悟が必要だったことがわかる。でもなぜ今その話を？

私が話を遮らないことを確認すると、彼女は意を決したように話しだした。

「ここと全く違う世界で、私は高校生……こっちで言うアカデミーみたいなところで勉強する学生だった……」

あなたが転生者であること、〈マジキャロ〉ユーザーであったことを私は知っている。あなたの言っていることは嘘ではない。私はゆっくりと頷いた。

「学校のテスト明けに映画を見て、暗くなっていたから友達と別れて、バス停の前のコンビニに寄った」

ところどころ、日本の記憶がないとわからない単語があるけれど、聞き流す。私がわかっているからいいのだ。

「コンビニでジュースとお菓子を持ってレジでお会計をしていたら、レジのお兄さんが自動ドアのほうを見て悲鳴を上げた。どうしたのって思ってそっちに振り返ったら、包丁を持った男が立ってた」

「……え？」

途端に脳裏に前世の自分の死に際が浮かんだ。

コンビニ？　私も男にコンビニで刺された。彼のアパートから大学に立ち寄って、コンビニに着いたのは日が暮れた頃。バイクを止める時、バスが停車していた――。

「キャロラインさん……そのコンビニ、何色だった？」

あとから思えば『コンビニ』なんて、この世界にない言葉を使った私はどうかしていた。しかしお互い動揺していてその違和感に気がつかなかった。

「黄色よ。ハートマークの看板の。私アプリ会員だったもの。あのコンビニの硬いプリンが大好きだったの」

私の立ち寄ったコンビニも黄色い看板だった。そしてあの頃、硬いプリンが流行っていた。

あっという間に、あまりのむごさに忘れようとして閉ざされていた詳しい記憶の蓋が開いた。黒いキャップを目深に被った男が、包丁を振りかざし自分に向かってきたこと、そして少し先の床に、制服姿の女子高生がうつぶせで倒れていたこと。その光景に悲鳴を上げたこと。

心臓がバクバクと鳴る。ひょっとして私たちは、同じ現場に居合わせて、一緒に殺されたの？

「その男は強盗だった。小走りで私の目の前に来て、私の胸を、刺したの！」

「そんな……」

「白衣さん！　その、前世の男だったの！　今回私を襲った男は！　またあの男に殺されるところだった！」

……ちょっと待ってほしい。いろいろと情報が多すぎてすっかり混乱している。

「ごめんなさい。ちょっと話が飛躍しすぎて……整理させて？　も、もちろんあなたが嘘をついてないってことはわかってる。その……この場で嘘をつく意味がないもの。でも今回の襲撃犯は覆面をしていたと聞いたわ。なぜ同一人物だとわかるの？」

「目は覆面から出ていたもの。あの目よ！　絶対に間違わない！　忘れるわけないっ！　最近あの瞬間の夢を嫌になるくらい見てたもの！　ああ、あいつにまた私は殺される！　どうして何度も何度もっ！」

「キャロラインさん？　キャロライン！　誰か！」

「信じて！　ああっ、助けてえ――！」

前世と現世、両方の修羅場を思い出したのか、キャロラインは叫び、取り乱してしまった。きっとまだ、事件の影響で心が疲れきっているのだ。

抱きしめて必死に宥めていると、医療師がバタバタと駆けつけてくれて、キャロラインに薬を飲ませた。するとほんの数分で、彼女の体から力が抜け、やがて眠ってしまった。

医療師に説明を求めれば、投与したのは睡眠薬ではなく鎮静剤で、寝たのは睡眠不足と疲労のためだと伝えられた。確かに……易々と眠れるわけがない。

私はキャロラインが望めばいつでも駆けつけると伝言を残し、部屋を出た。そこにはルーファス様へ報告に行ったと思われるマイクに代わってビルが待っていた。

「ピア様、なんと言いますか……お疲れ様でした」

「ビル……お願い、カイルのお店に連れていって。甘いものを食べたい。じゃないと元気が出ない……」

「ピア様、お顔が真っ青ですよ……わかりました」

ビルは私のわがままを聞き入れてくれた。

本降りになった雨を避けるように、小走りでパティスリー・フジの入り口をくぐると、カイルがにっこり笑って出迎えた。

「いらっしゃいませ……ピア！　どうしたの⁉　ビルさんこれは……とにかく二階に！急いで店を閉めるから！」

いつものソファーに沈み込んでいると、接客を終えたカイルが温かいお茶を淹れてやってきてくれた。入れ替わりでビルが外に出る。伝令と連絡を取り合うとのことだ。

「ピア、こんなにブルブル震えて寒い？　何があった？　まさか前世のことを思い出したのか？」

カイルがテーブルの角を挟んで隣に座り、私の肩に手を乗せて、温もりを移して震えを止めようとしてくれる。

この部屋に私たちは二人きり。前世のことを口にしても構いはしない。カイルも男言葉に戻っている。そこまで心配させるほどに私は情けない有り様らしい。

「カイル、あ、あのね、今ね、キャ、キャロラインに会ってきたの」

「ピア、落ち着いて。ちゃんと聞くから焦らないで」

私はつっかえつっかえキャロラインが今王都にいる理由、そして先ほどの会話をカイルに伝えた。カイルは瞠目し、口を真一文字にして黙って聞きいっていた。

「カイル……信じられないことだけれど、私とキャロラインは前世で同じ場所にいた被害者みたい。一緒に死んだの。日本でコンビニ強盗はしょっちゅう起こってた。でも、死傷者が出るほどの事件なんてめったになかったもの……」

「そう、か……。とりあえずピア、お茶を飲んで一息入れて」

カイルに言われるがまま、カップに手を伸ばすが、全身が震えていてうまく摑めない。するとカイルが優しく私の手に手を添えてくれて、口に運び、無事お茶が喉を通っていった。いつもより甘めのレモンティーはほっとする味で、カイルに話を済ませたこともあり、少しだけ緊張が解けた。

しかし、ふとカイルを見るとテーブルに肘をつき、その右手で額を押さえ、険しい顔をしていた。

「やっぱり……」

「カイル？　どうしたの？　やっぱりって何？」

私が力なくそう聞くと、カイルは顔を上げて、小さく息を吐き、面白くもなさそうに笑った。

「ピア……僕はね、そのコンビニでバイトしてたんだ」

「バイト？　……嘘……」

脳が……ついていけない。

「本当だから。あのコンビニのレジにいたのが僕だよ。僕は製菓の専門学校に行く傍らで、あの店で毎日バイトしてたんだ」

呆然としつつ、カイルを覗き込むと、カイルの目には涙が溜まっていた。

それを見て私も涙がせり上がる。カイルが私に嘘をつくわけがないじゃないの！　この世界でお互いが唯一の同志だというのに。

「そっか……そうだったんだ……」

うわずった涙声での返事になってしまった。

「僕が皆同じ場所にいたんじゃないかと疑ったきっかけはね、以前、修道院でキャロラインに面会した時に、彼女が『あのコンビニに立ち寄りさえしなければ、こんな苦しい思いばかりしないで済んだのに』とボソッと言ったことがあったんだ。それを聞いてから、胸がずっとザワザワしてた」

カイルはそう言いながら手のひらを広げ、自分の心臓をぎゅっと摑むしぐさをした。

「ピアはあの、最後に来店したメガネのお姉さん……だね」

力なく頷き……記憶を手繰る。目の前に迫る犯人の奥で、黄色いユニフォームを着た若い男性が慌てふためいていた――あれが前世のカイル？

「僕がレジに来た女子高生の会計をしていると、男が入店して、『金を出せ！』と大声で喚（わめ）きながら彼女を襲った。僕は恐怖で泣きながらカウンター下の非常ボタンを押し、お金を準備するふりをしていた。そこにメガネの女性が店に入ってきた」

　カイルの話す光景が、鮮明（せんめい）に私の頭に再現される。

「僕がぐずぐずしていると、イラついていた犯人はメガネの女性に向かっていき、刺した。そして僕のところに戻ってきて、レジのお金を全部渡したのに襲ってきた。カラーボールだけでなく、たばこやら商品やら手（て）あたり次第（しだい）投げつけたけど、包丁には勝てずに……僕も……」

　カイルも、そしてキャロラインも、私と同じ場所同じ時に死んだの……だった。

「実はね、心配させると思って言わなかったけれど、最近なぜかあの時の夢を見てたんだよ。虫の知らせってやつだったのかな」

「わ、私も！　私も最近夢を見てた」

　思わぬ共通点に、背筋にゾクッと悪寒（おかん）が走った。

「……それでね、気になって思い返していたら、あの女子高生も〈マジキャロ〉をやってた。レジに来た時に彼女のスマホが見えたんだ。会計を電子決済したあと、〈マジキャロ〉の画面に戻してた。僕とピア、そしてキャロラインの前世は〈マジキャロ〉でも繋がっている」

「そっか……殺された女子高生が〈マジキャロ〉ユーザーだったなら、やっぱりキャロラインに間違いないね。つまり……」

私、カイル、キャロラインの転生者三人の共通項はあのコンビニで殺されたことと、最近その夢を見て苦しんでいたこと。そして〈マジキャロ〉ユーザーだったこと。

カイルと見つめ合い、呆然とする。

「一体どうしてあの場の私たちが転生したの……そして、あの犯人がこの世界にいたなんて奇妙なこと、キャロラインは言うし……そんなことありえないよね？」

「わからない。でもキャロラインも自分の生死がかかっているのに嘘はつかないだろう。見間違いや思い込みの線はあるだろうけど……。ピア、せっかく忠告してもらえたんだ。僕たちも一応気をつけよう。……と言っても殺人鬼相手に気をつけようがない。前世だってどうしようもなかった。あー、嫌になる！」

「うん……」

カイルはソファーの背に頭をもたせかけて目を閉じ、私は両手で顔を覆った。

カイルの店のお菓子をサラたちへのお土産にどっさり買って帰宅し、入浴後ぼんやりしていると、ルーファス様が戻られた。

マイクからだいたいの話は報告済みだと思ったが、私の口からもキャロラインのお見舞いについて伝える。

「〈マジックパウダー〉が襲撃犯の手に渡ったとは厄介だね。でもその事実を知ることができてよかった。ありがとう、ピア」

私は静かに首を横に振った。悲しみの淵にいる人に求められ、お見舞いに行くのは当然のことだ。

「キャロラインは見ていてこちらも痛みを感じるほどの大怪我でした。そして犯人を以前見かけたことがあると、毛布の中で体を縮こまらせて怯えていました」

「……キャロラインは予言者。予言で見たということ？」

「わからないです。そのあたりを聞きたくてパティスリー・フジに寄りましたが、カイルもわからないと。ただ、犯人がまだ捕まっていないというのは恐ろしいですね」

ルーファス様が眉間に皺を寄せ、私に問う。

「……ピアも予言に怯えているの？」

「……はい。漠然とした不安で、対処のしようがないのですが」

盛り上がりに欠ける会話しかできない私を見れば、一目瞭然だ。素直に肯定する。

「予言は辛いものばかりだと、いつかカイルも言っていたな……なるほど。キャロラインの件は予言絡みかもしれないと怖がっているんだね。大丈夫。ピアには私がいるだろう？　ピア、こっちを向いて」

　私がのろのろとルーファス様を見上げると、テーブルの上にたくさん載せていたカイルのマカロンを口に入れられた。ナッツの風味が口の中に広がる。

「もう、ルーファス様ってば……一口で食べるにはサイズがちょっと大きすぎです！」

「でも美味しいだろう？」

「すっごく美味しいです！」

　私もお返しにピンクのマカロンをルーファス様の口元に差し出すと、思いのほか大きく口を開けられた。クスッと笑いながらその中に押し込む。

「うん、美味しい」

「はい」

　ルーファス様とカイルのおかげで、私は少し元気になった。

キャロラインの治療は一週間ほどで全て終わった。あとは薬を飲み地道にリハビリに励み、痛みが引いて傷が薄くなるのを気長に待つしかないらしい。

彼女の入院していた医療師団本部の病院は重症患者の治療に特化しているので、今後は別の場所に移って静養しなければならない。

しかし、彼女の住んでいたフォスター修道院は、賊の襲撃によってあちこち破壊され閉鎖中。まだ復旧の見通しすら立っていない。

ならば重傷者向けでない病院に移り、そこでリハビリに励み、痛みがひどい時は治療してもらえばいい、と思ったが、候補に挙がる病院全てに断られてしまったとのこと。

「キャロラインがフィルに毒を盛った犯罪者であったという事実は消えないから、関わり合いたくないのだろう。在学中に、キャロラインのせいで辛い目に遭った者が、案外身内にいるのかもしれないし」

ルーファス様の説明にがっくりと肩を落とす。キャロラインは犯罪者だったけれど、借金のカタにベアード伯爵やメリークの手先にされたにすぎない。それに今のキャロラインは反省し修道院で奉仕の日々を送っていて、なんの脅威もないのだ。

しかし、世間はそれを知らない。

引き受け手がないのであれば、いっそ我が家で療養してもらおうか？　と一瞬思ったが、即座に否定した。

スタン侯爵家は宰相閣下の住まう屋敷、王宮に次いで政治が動いている場所だ。私にはわからない会話があちこちで飛び交い、機密文書が山と積んである。

家族以外の人間を屋敷の中に入れて、さらに長期滞在させるなんてありえない。それは宰相補佐のルーファス様のものであるこの屋敷も一緒。

ならば、ロックウェル家に招く？　我が両親と兄ならば、キャロラインは緊張せずにのんびり過ごせるだろう。

だが、ロックウェルの屋敷は物が多い。怪我人のキャロラインはそれらを避けて歩けるだろうか？　そして空いている部屋は二階の角部屋だけでお手洗いは当然一階。不自由な体で古く急な階段を日に何度も上り下りできる？　おそらく無理だろう。

目を閉じて、はあ、とため息をつく。

すると瞼の裏に前世のキャロラインが浮かび上がった。すぐ先の床で血まみれで倒れていた、私よりも若い女子高生……胸が痛い。やはり放っておけない。

「一人で悩んでいてもしょうがないし」

「ようやく私に相談する気になった？」

ルーファス様に突然声をかけられて、体がビクッと硬直した。ずっと私の百面相を見守っていたようだ。恥ずかしい。

「えっと、はい。今お時間よろしいですか？」

「もちろん。夫婦だもの」

私の夫は、本当にきめ細やかで、頼もしい。

ルーファス様がいろいろ考えたうえであちこちに声をかけてくれたが、結局のところ難しい立場のキャロラインを引き受けることになったのは、なんとロックウェル領の本邸――祖母ビクトリアだった。

『ご存じのとおり貧乏なものですから、侍女として働かせますけれどそれでもよろしいのなら』と祖母は言ったそうだ。

「対外的に厳しいことで有名なおばあ様に、厳しく侍女としてしつけられる……という格好がつくほうが世間は納得するだろう。なんてったってキャロラインはまだ一応は服役中の身なのだからね」

と、ルーファス様はおっしゃる。

ちなみに国の代わりにキャロラインの面倒を見るということで、ロックウェル領には報酬が入るらしい。そのあたりの話を整えたのは、きっとルーファス様だろう。

退院するキャロラインを夫婦で迎えに行く。まだ怪我の治療中の彼女をロックウェル領に送り届けるという真面目な仕事であるため、ルーファス様は白シャツにグレーのジャケット姿、私もベージュのワンピースと、かなり控えめな装いだ。

「晴れてよかったね」

「はい。雨で道がぬかるむと馬車がガクガク揺れて、キャロラインの怪我が悪化したかもしれません。本当によかった」

いつの間にかルーファス様はロックウェルの田舎道に対応する四人乗りの馬車を準備してくださっていた。

そこに私たちと同乗しているのはメアリ。今回はある意味護送でもあるので、キャロラインが万が一暴れても、抑える力がある女性ということで、彼女が選ばれた。

病室に入ると、脱ぎ着しやすそうな厚めのブラウスと茶色いスカートにコートという旅支度になったキャロラインがベッドに腰かけて待っていた。

「白衣さん、今日も私に付き合って……って、どうしてルーファスが一緒なの？」

キャロラインが目を大きく見開き、唖然としている。

「キャロラインさん、あの、あのね……彼は私の夫なの」

私は今回とうとう身バレすることを決意した。今後もこうして関わって生きていくのに身元を隠し続けるのなんて、もう無理だ。まして私の里であるロックウェル領でキャロラインは療養するのだ。誤魔化しとおせるわけがない。

でも、決意しても恐ろしかった。ラムゼー男爵やベアードの指示がないとはいえ、〈マジキャロ〉のヒロインが攻略対象であるルーファス様とあの断罪パーティー以来で対面するのだ。

ルーファス様のことは信じているけれど、キャロラインがまだルーファス様に執着していたら、私は……どうすればいいの？

「久しぶりだな。そして私は今も君に呼び捨てなど許していないが？」

私のハラハラした心境をよそに、ルーファス様が全くブレない発言をした。その結果生まれる空気を、息をひそめて見守る。

するとキャロラインの顔はどんどん青ざめていき、体は小刻みに震えだした。

明らかにおかしな様子に焦る。するとキャロラインについていた女性の医療師が、私に小声で話しかけた。

「奥様、この患者は事件のトラウマを解消できておりません。男性に極度に怯えます。ご主人に少し距離を取ってもらったほうがよろしいかと」

私は慌ててルーファス様に振り向くと、彼は真剣な顔で頷いて、廊下に出てくれた。

「びっくり……しちゃった……ルーファスも大きいんだもの……」

キャロラインが深く呼吸をして息を整えながらそう言うのを聞いて、自分の浅い考えに情けなくなった。

彼女の頬は殴られたアザがある。この間はガーゼで見えなかったそれは黄色くまだらになって残っている。おそらく大きな体の男性である襲撃犯に散々痛めつけられ、傷だらけの彼女の心を勘ぐるなんて、私はどれだけ器が小さいのか。

でも暗い顔は伝染する。気持ちを切り替えないと。

「あのね、これから行くところは私の祖母の家なの。祖母は厳しい人だけれど、キャロラインさんの安全は絶対に保証するから安心してね」

キャロラインが硬い表情で頷いた。結局のところロックウェル領に行くことが不服であっても、彼女にはそれしか道がないのだ。

「あれ？　でもキャロラインさん、まだ歩けないよね。この三階から馬車までどうやって運ぶの？」

この状態で男性に抱いて運ばれるのは無理そうだ。担架なんてこちらの世界にはあるのだろうか？

「ピア様、お任せください」

　不意にメアリが声を上げ、キャロラインに近づいた。そしてキャロラインの膝下に腕を通したと思ったら、軽々と抱き上げてしまった。

「メ、メアリ！　すごい！　抱いたまま階段を下りられる？」

「ええ、問題ありません。キャロラインさん、しばらく私の腕の中で大丈夫ですか？」

　キャロラインはメアリの首に腕を巻きつけて、きょろきょろと見回した。

「うわあ！　何これとってもかっこいい！　大丈夫です！」

　キャロラインが久しぶりに屈託なく笑った。メアリは優秀だ。

「メアリってば、一体どれだけ才能を隠してるのよ」

「ざっと千ほどでしょうか？」

　私たちは仲良く笑いながら、馬車に向かった。ルーファス様は女性たちの邪魔にならないように、数歩後ろをついてきた。

　馬車では、二人掛けの椅子にキャロラインを挟んで私とメアリ、無理やり三人並んで座った。彼女を落ち着かせるためだ。

　そして正面にルーファス様……とダガーとブラッド。新しい馬車は四人と二匹を乗せても余裕があるけれど、車幅は狭いという優れものだ。

「ねえ白衣さん……じゃなかった、スタン夫人？　私ひょっとして在学中ご迷惑をかけたのかな？　ゴメンね」

　彼女は両手を合わせて私に謝った。彼女は白衣さん＝ルーファスルートの悪役令嬢、ということに驚いたようだったが、それだけだった。

　当時キャロラインは私をいじめたことはないし、私が十歳の頃から必死にヒロイン対策をしていたことなんて知らないから、反応はこんなものなのだろう。

　私たちの会話が切れたところで、ルーファス様が口を開いた。

　ルーファス様の声はいつもよりもずっと小さめで、慎重に話していることがわかるが、それでもキャロラインは身を固くした。

「辛い目に遭ったばかりだということはわかっているが、一応釘を刺しておく。君はかつて意図せずにメリーク帝国の犯罪に手を貸した。そして失敗した君をメリークは目障りに思っている。君が襲われた件は二件とも十中八九メリーク絡みだ」

「はい……」

「くれぐれもロックウェル本邸では問題行動を起こさないように。いわくつきの君を預かってくれる寛大な家は、我が優しき妻の生家であるロックウェルくらいだ。そこをも追い出されたら、非力な君は到底生きていけない。わかった？」

「わかった……わかりました。そうなの……白衣さん……いえ、ピア様がご実家にお願いしてくれたのね。ありがとう……ございます。あの、私のことはキャロラインと呼び捨てにしてください」

そんなこと気にしないでいいよ、なんて耳当たりのいいことは言えない。彼女をロックウェルで預かるにあたり、大勢の人間が動いたことは事実だ。

それに私は侯爵家の人間、彼女は平民。身分差がそこにある。ここで私が日本人的な態度で接し、それを許されると彼女が誤認したら、この世界で爪弾きに遭うだろう。

とはいえ、キャロラインは前世で同じ悲劇に巻き込まれた仲間。勝手に運命共同体だと思っている。平民が侯爵家の人間に話しかけるのはタブーだと伝え、突き放すことも無理だ。結果、なんとも中途半端な返事になってしまう。

「わかったわ、キャロライン。とにかく今は、怪我が完治するようにリハビリに専念してね。体が自分の思いどおりに動くようになってから、今後のことを考えましょう」

「はい」

彼女のしょんぼりとした素直な返事は、いかにも前世の女子高生らしかった。

すると、床で思い思いに寝そべっていた二匹が、キャロラインの脚に擦り寄り、くうん、と甘えるように鳴いた。

「やだ可愛い……あの、このワンちゃんたち、撫でてもいいですか?」

キャロラインがおずおずと下から窺うように聞いてきた。

「もちろん！　最近忙しくてあんまり遊んであげられていないの。いっぱい甘やかしてあげてほしい」

なんといってもこのためにダガーとブラッドは連れてきたのだから。今日の二匹のお仕事は護衛ではなく、セラピー犬だ。

キャロラインの心がずたずたに傷ついていることくらい想像がつく。でも、彼女の周りに今存在する者は、看守代わりのシスターたちや、立派な医療師や、強面の護衛、そしてびっくりするくらい爵位が高い私たちと、悩みを相談したり、リラックスできる相手には到底なりえない人間ばかりだ。それはこれからも続く。

そこで、ダガーとブラッドだ。現役を退き、敏捷さでは大きく後進に離されてしまったけれど、二匹はだてにおじいちゃんではない。目の前の人間の状態を敵か味方か、元気か疲れているか、鋭い観察眼で判断し、それに応じた対処をする。

ブラッドはキャロラインの手に頭を擦りつけて、撫でるように迫っている。ダガーは私の膝を台座代わりに跳び乗って、彼女の頬にちゅっちゅっとキスをしている。

「ちょ、ちょっと、もう！　順番に撫でるから！　順番よぅ！」

犬の前ではキャロラインは自由だ。好きなように撫でて、抱いて、キスして、笑ってほしい。二匹と触れ合うことによって、極度の緊張状態から解放され、その温もりで癒されてほしい。

居心地の悪かった車内は、あっという間にほっこりした空気に包まれた。

やはりダガーとブラッドを連れてきてよかったと思い、同意を求めてルーファス様を見ると、なぜか犬たちと戯れるキャロラインを探るような視線で注目していた。

「ルーファス様？」

「ん？　ああ、ちょっと気になることがあるけど今話すことでもない。家に戻って落ち着いてからね」

「はい……」

キャロラインの今後に何か問題点でも思いついたのだろうか？　全く想像もつかない。でも帰宅すれば教えてくれると彼は言ったから待つしかない。

私は気持ちを切り替えて、犬たちと戯れるキャロラインを、笑顔で眺めた。

キャロラインの体に響かないように、いつもよりもゆったりペースで走った馬車がようやくロックウェル本邸に到着した。

キャロラインはメアリに支えられながら、ゆっくりと玄関をくぐる。

このロックウェル本邸は祖母のために可能な限りバリアフリーになっている。祖母だけでなくキャロラインもこの家でつつがなく暮らすことができると知れば、祖父もあの世で喜ぶことだろう。

エントランスには車椅子姿の祖母が待ち構えていた。

ルーファス様が当たり前のように祖母の横に立った。ブラッドもついていき、祖母の脚の前に寝そべる。それを嬉しく頼もしく思いつつ、私とダガーはキャロラインのもとへ残った。

「キャロライン、こちらがロックウェル前伯爵夫人だ。夫人には修道院の院長と同様君の監督、そして教育が任されている。きちんと指示に従うように」

ルーファス様が祖母を紹介してくれたので、私はキャロラインにそっと耳打ちする。

「ご挨拶をお願いします。長旅で疲れているでしょう？　短めでいいから」

キャロラインは小さく私に頷いて、祖母に向かって頭を下げた。

「はじめまして、前伯爵夫人。キャロラインと申します。平民生活が長く、貴族のお屋敷のお作法はよく知りません。ラムゼー家も、義父だけだったので……一から教えてください。よろしくお願いします」

きちんとした挨拶にホッとして、祖母を見ると、真っすぐな視線でキャロラインを見極めていた。

「……こちらこそよろしく。早くこの屋敷の戦力になってほしいから、当分は怪我の治療に専念してちょうだい。ルーファス様、医療師の派遣は？」

「リハビリが軌道に乗るまでは三日に一度訪問予定です」

祖母が表情を変えることなく頷く。

「だそうよ。リハビリは始めが肝心です。私のように車椅子にならずに済むように、怠けずしっかり励むこと」

「お、お気遣い、感謝します」

キャロラインが頭を下げたが、傷に障ったらしく顔を歪めた。当然その様子を見逃す祖母ではない。

「ほらっ！　無理しないっ！　私は嘘が嫌いです。痛い時は痛い、わからないことはわからないと言うように。それと月に一度、国からあなたの処遇について査察が入ります。そこでは素直になんでも話すといいわ。私には隠し立てすることは何もないから」

「は、はい！」

「何か、聞いておきたいことはある？」

「いえ、それすらわからないので、疑問が浮かんだらその都度教えてもらいます。でも……よかった」

「何が？」

祖母が右眉をピクリと上げた。

「ロックウェル領、麦畑が広がってて……生まれ育った村にちょっと似てます。それに、お仕えするのが女性でよかった……」

そうだ。キャロラインは男性に恐怖心が植えつけられていることを、早急に祖母に話しておかなくては、と心に留めた。

「貴族のお屋敷で男性だったら……思い出してしまう……そっけないけど優しかった義父のこと……」

――思っていた理由ではなかった。

キャロラインは出会いがどうあれラムゼー男爵を慕っていたのだ。

男爵はキャロラインが牢に入っている間に死んだ。おそらくベアード親子による自死に見せかけた殺人。キャロラインは弔うこともできなかった。

「そう……」

このやりとりは祖母にもルーファス様にも聞こえていて、祖母の瞳に憐憫のようなものが浮かんだ。

パンッと祖母が手を叩く。

「さあ、まずは休憩しなさい。軽食を部屋に運ぶから、それを食べて夕食まで昼寝をするように。ピア、お土産持ってきた？」

「もちろん！　パティスリー・フジのマドレーヌ！　今回はなんとコーヒー味！」

「え？　パティスリー・フジのお菓子、夫人も大好きなんですか？　私も！　あ……」

キャロラインは主人の会話に口を挟んでしまった自分に青ざめた。

「私と味の好みは一緒のようね。あの素晴らしいお菓子が食べたければさっさと寝なさい。

三時間寝たら夕食のデザートに出しましょう」

「お、おやすみなさーい」

キャロラインは祖母の侍女の肩を借りながら、一階の自分の部屋に向かった。

さすがおばあ様、結局弱者に優しい情に厚い人なのだ。この調子ならば、うまくいきそうだ、と思ってニコニコしていたら、睨まれた。

「ピア、人前でたるんだ表情をするものではありません！　ルーファス様、それで警備態勢は？」

「不審な者は蟻一匹入れない布陣を敷いております。万が一にもメリークの刺客がやってくるなんてことはありえません」

ルーファス様はさりげなく膝をつき、祖母と視線の高さを合わせて答えた。

「そう、安心したわ。ありがとう。じゃあ私たちもお茶にしましょう。……ようこそ、ピア、ルーファス様」

「「ただいま、おばあ様」」

私たちは祖母の頬にキスをし、ルーファス様が車椅子を押して、二匹を引き連れて食堂に向かった。

王都の我が家に帰宅するや否や、ルーファス様はダガーに命令を出した。

「ダガー、ダウン！」

「ワン！」

ダガーがエントランスホールの床にぺたりと伏せると、ルーファス様は両手で念入りにダガーの体を探りだした。

「OK、ダガー、プレイデッド！」

「ワン！」

続いてお腹を見せて寝そべったダガーの体に、ルーファス様は先ほどと同じように両手をゆっくりと滑らせた。

ひょっとして、行きの馬車の中での『家に戻って落ち着いてから話すね』は、キャロラインの話ではなくて、ダガーのことだったの⁉

「ル、ルーファス様、ダガーがどうかしましたか？」

「うん……はい、終わり！　ダガー今日はお疲れ様、サラ、二匹におやつをあげて」

「かしこまりました。ダガー、ブラッド、大好きなチキンを食べようねー」

私たちを出迎えてくれたサラが二匹の頭を撫でて、厨房に連れていった。

「ルーファス様？」

「……単刀直入に言えば、ダガーの腹にしこりがある」

ルーファス様が立ち去るダガーの後ろ姿を、チェックするように眺めながら言った。

「しこり、ですか？」

「うん。ダガーがキャロラインに向かって伸び上がった時、引きつれているような……体のラインに違和感があったんだよね」

全く気がつかなかった。ルーファス様よりも私のほうが、犬と過ごす時間は長いのに。

「マイク、ダガーの最近の食欲は？」

「食欲は減ってますが……老犬ですからね」

マイクの言葉に小さく頷くと、ルーファス様は即決した。

「次の領地行きの便で、ダガーとブラッドは帰す。そしてゼインに診てもらおう。ここにいてもどうしてやることもできない」

ゼインとはスタン家お抱えの、一流ドッグトレーナーだ。四十代の男性で、二十年以上スタン家の最強の猟犬たちのトレーニングを全て仕切っている。

対人間相手には、愛想なく、ぶすっとした顔しか見せず、犬の訓練時もとても厳しくコマンドを出しているが、仔犬や訓練を頑張った犬たちには……とろけるように甘い顔で褒めまくる、職人気質の信頼できるおじさんだ。

ちなみに私は十歳の初めてのスタン領本邸滞在時に、見事に迷子になり、犬舎に入り込んで以来お世話になっている。

ゼインにとって私は仔犬とさほど変わらないらしい。私のお腹がグーッと鳴った時、リンゴを剝いてもらいながらそう言われたことがある。パピー扱いの私……。

「そうですね。ゼインならばきっと、なんとかしてくれます」

「明後日の定期便に乗せるよう、手配してきます」

マイクが一礼して去ると、私たちも旅装束を着替えるために連れ立って部屋に入った。

するとルーファス様が振り向き、両手で緩く私の腰を引き寄せた。

「ピア、あのしこりが良性であれ悪性であれ、大した治療などできないよ」

「え？」

「さすがに犬に外科手術はしないし、ダガーは薬を受けつけない。優秀ゆえに毒と同類とみなし、吐き出すんだ。我々にできることは、状況を把握し、ダガーに無理をさせず、食欲がある時に好物を食べさせ、楽しく余生が過ごせるように見守るだけだ」

人間すら開腹手術の症例は数えるほどしかないこの世界。もししこりが悪性だったとしても体にメスを入れて切ることなどありえないのだ。もしできたとしてもダガーは高齢、手術を乗りきるほどの体力などないだろうし、薬を飲んでくれたとしても、若者のように劇的な回復など望めない。

つまりはルーファス様のおっしゃるとおりなのだ。寿命の短い生き物の生を看取るのは飼い主の務め。ちゃんと覚悟をしておかないと。

「わかりました」

と言いつつ、ルーファス様の胸にトンと額をぶつけ、沈み込む。ルーファス様は何もかもわかっていたように私の背中をさする。

「ひとまずゼインに任せ、報告を待とう」

「……弱くてごめんなさい。少し時間が経てば、ちゃんと立ち直りますので」

「弱いピアも、弱いと認められるピアも好きだよ」

そんな言葉を貰ったら、顔を上げざるをえない。

「私もルーファス様が大好きです。でも……」

「でも？」

「ダガーも大好きなのです」

「知ってる」

全て知っているルーファス様は、静かで、慰めるようなキスをくれた。

突然舞い込んだ相棒の病気が疑われる情報は、ふとした瞬間に思い出しては、どうしても気持ちを暗くしてしまうのだった。

第四章 苦渋の決断

キャロラインの安全が確保され、私たちは緊迫したままの日常に戻った。

そしてルーファス様はいよいよ好転しない現状に見切りをつけた。戦争を起こさずメリークを屈服させる施策として、経済制裁だけでは解決しないと。

「次の一手ですか？」

「うん。メリーク帝国内の前皇帝時代に活躍していた穏健派と接触しようと試みている。穏健派に物資を支援し、内部からも揺さぶって、我がアージュベールに敵対心むき出しの皇帝派である現政権を引きずり下ろそうと思ってる」

今日は久しぶりの休日のはずだったが、ルーファス様は午前中、王宮に出向いた。

帰宅後一緒に昼食をとって、のんびり読書でもしようとそれぞれに本を手に取り、仲良くソファーに座ったのだが、結局それは膝に置き、目下の懸案事項の話になる。

「なるほど。でもメリークは現在鎖国状態でしょう？　簡単に我が国の人間が入り込めるのですか？」

「正攻法では無理だね。今回はスタン家の影を使う。万が一捕まってもスタンの独断だと言い逃れられるし、実際のところ王家の影よりもうちの影のほうが優秀だと私は思っているから」

「スタンにも……王家と同様に『影』がいるのですね」

「いるよ。でもピアは気にすることはない。侯爵夫人、侯爵令息夫人は表で活躍するのが役割だ」

おそるおそる聞いてみた質問には、あっさりと答えが返ってきた。

影……昔、ヘンリー様から〈虹色のクッキー〉を回収してもらった時にちらっとお聞きし、そんな忍者のような集団がいるのか？　と驚いた記憶がある。私も正式にスタンの人間になったから、その存在をためらいなく教えてもらえたのかもしれない。

「その影の皆様に動いてもらう許可は、既にお義父様からいただいたのですか？」

「ああ、挙式を機に私は無事一人前と見なされてね。ほとんどのことは私の一存で動かせるようになったんだよ。当然のことながら父には報告を入れるけれどね」

ルーファス様はスタン家の人間として一足先に一人前になっていたようだ。私は大きく遅れを取っている。まずい。焦っても仕方のないことだけれど。

それにしても、メリークの穏健派に働きかけるというのはいいアイデアだと思う。どんなに好戦的な国であっても、私たち同様になんとかして戦争を避けたいと思っている人は結構な数いるはずだ。

ただし、穏健派というだけあって、波風立てることは好まないだろう。現政権の、今にも隣国に宣戦布告しそうな状態に思うところはあるだろうが、声を上げて糾弾されることを心配し、静観しているのではないだろうか？

「スタンの影は優秀でしょうから、穏健派とすぐに接触はできるでしょう。でも、そう簡単には現政権に対抗するために立ち上がってくれないのではないでしょうか？　彼らにとってリスクが大きすぎます。物資支援に加えて、何かもっとインパクトのある見返り、手土産が必要かと」

国の本流に逆らって行動を起こしてもらうには、何か具体的で魅力的な報酬のようなものがないと、成功率が下がると思う。

「確かにね。所詮他人事である他国の人間の言葉に耳を貸して、すんなりと自分たちの……文字どおり命運を懸ける気持ちにはならないだろう。よほどメリークが今後の再生のために切実に必要としているものをエサにでもしないと……。先の我が国への襲撃を考えれば、メリークが欲する誰が見てもわかりやすいエサは資源……つまり、ピアか」

「え？　私？」

私を凝視するルーファス様に気がつき戸惑う。

「今回の油田地域の襲撃からもわかるように、メリークは天然資源が近年軒並み枯渇気味なんだよ。その事実を必死に隠そうとしているけどね」

天然資源に依存しきった国政であったなら、国家存亡の危機に間違いない。

「この十年あまり必死に新しい鉱山を探している状況だ。それに加えて敵国アージュベールの精密な地図も欲しいし、自国の地図も作らせたい。だからピアが小さな頃から何度も魔の手を伸ばしてきた」

「え？　そうだったのですか？」

ルーファス様は真剣な表情で頷いた。私に護衛がついているのは、〈マジキャロ〉に怯えていた時代はキャロラインから守るためだったり、他はスタン家の婚約者である私を誘拐して身代金を要求するならず者を相手にするためだと思い込んでいた。まさか、外国から私を連れ去ろうとやってきている人間がいたとは。

今更ながら身を強張らせると、ルーファス様が私の前髪に手をやり、優しい手つきで耳にかけた。

「これまで同様これからもちゃんと守るから、心配しないでね」

「……もちろんルーファス様がいるもの。心配していません。それにしても勝手に買い被られて、誘拐を目論まれて……嫌になっちゃいます」

つい鼻で笑ってしまった。こんな所作、お義母様にバレたら大変なことになる。室内にお義母様に忠誠を誓ったメアリがいないことに、胸を撫で下ろす。

「買い被りではないよ。ピアの公表している論文は、ローレンがメリーク語に翻訳して全部本国に送ったことがわかっている。つまり、ピアの研究内容を知ったうえで役に立つと考えられているんだ」

「翻訳？」

「ローレン一家はメリーク語がペラペラだ。文章にするのは主に夫人の仕事だったようだよ。昨年学会にも参加していたのを覚えてる？　まだ文字で発表されていない最新の論文までも本国に送るために速記していた。忌々しい。これから表に出す論文は全て化石だけにしよう」

ローレン一家は医療師としての技術に、諜報活動に工作、さらには翻訳と、どうしようもないほど優秀だったようだ。それにしても聞き捨てならない発言が！

「ルーファス様！　私にとって化石がメイン研究ですから！」

「ならば堂々と発表して構わないじゃないか？」

「あれ？」

そう言われれば、そうなのか？　何か丸め込まれている気がしてならないのだけど。

「でも、平和のために私がお役に立つということで……メリークに行けとおっしゃるなら参ります。今すぐというわけにはいかないでしょうが、状況が許せば……」

メリークに赴く……少し想像しただけで怖くてたまらない。

この世界はテレビもネットもなく外国の情報などほとんど入ってこないし、海外へは特権階級が外交で行くのみだ。前世のように海外が身近ではない。

　加えてメリークとは戦争を挟んだここ五十年あまり、ずっとギスギスした状態なのだ。アージュベール出身と言うだけで反発を招くかもしれない。

　でも、だからこそ和平の一助になるのなら……そもそも私が言い出したことだし。両国間で平和条約的なものが締結されたあとならばなんとか……。

　それに、私が一定の成果を上げれば、スタン侯爵家のお役に立てる。

「ばかな。ピアをメリークになど出すわけがないだろう！」

「でも、」

　ルーファス様にぐいと腕を引かれ、一瞬で抱き込まれた。頭上から少し機嫌を損ねた彼の声が降ってくる。

「でもじゃないの。ピアの居場所は常に私の腕の中だ。私はメリークに行かない。だからピアも行くことはない。協力を頼むことはあってもピア自身が行く必要はない。測量も地図の作成もきちんと後進を育てただろう？」

「でも、危険な場所に弟子を行かせるのは、指導者として」

「弟子のうちスタン領出身の者を選ぶ。彼らはピアの一万倍強いよ」

「……お任せします」

　弟子たちの驚きの戦闘力に、私はおとなしく場所を譲った。

「はあ、なんだかどっと疲れたよ。ピア、私を癒して、お願い」

申し訳なく思い、彼の背に回した手で背骨にそって指圧する。

「うーんやっぱりデスクワークのしすぎで凝ってますね。よいしょ、よいしょ」

ルーファス様はあの可憐な少年時代が嘘だったように、すっかり立派な体軀になった。凝り固まった箇所を強めに揉み込みたいのに、体をどれだけ引っつけても手が届かないところがある。

「ピ、ピア！　マッサージ、気持ちいいけれど……」

ルーファス様を見上げると。顔が真っ赤になっていた。血流が良くなった？　効果てきめんだ。

「効いてるみたいですね、よかった！　じゃあ本格的にやりますのでソファーにうつぶせになってください」

「いや、もう十分だから！　まだ早い時間なのに、このままだとますます我慢できなくなるから……そうだ！　今日こそピアのピアノが聞きたい」

ルーファス様はいいことを思いついたとばかりに、みるみるうちにニヤッと悪そうな顔になった。

「えー！」

「ピアのピアノを聴けば、とりあえず面倒事を忘れられそうだ。いつかの賭けの賞品でもあるし、もちろん弾いてくれるよね？」

賭けを持ち出されれば、やらざるをえない。楽しげなルーファス様に手を引かれ、ピアノのある応接室に連れていかれた。

もう……ピアノなんてここ数年触れてもいないのに気が重い……と思うと同時に、ずっと頭から離れない不愉快なこと――メリーク関係や前世の最後の記憶――を、この瞬間綺麗さっぱり忘れていたことに気がついた。

これは片付かない問題が始終重くのしかかっていることへの、ささやかな気分転換なのだ。ルーファス様にとっても私にとっても。

彼の心遣いに感謝しつつ……それでも本音ではピアノは弾きたくない。本当に自信がないのだ。

「はい座って。……ちょっと待って、私も観客としてベストのポジションに椅子の準備を……OK。じゃあピア、お願いします」

自らノリノリでピアノの蓋を開け、私をピアノの前に座らせ自分もその背後を取ったルーファス様。彼は今日、私を逃がすつもりはないらしい。

私は観念して幼い頃に習った、前世で言えばバイエルのような練習曲を頭から引っ張り出し、何度かテンポを外しながら弾き終えた。

「え、まさかこれで終わり？」

「ほら～ガッカリさせたー！　だから弾きたくなかったんですー！」

全く動かなかった指を見つめる。こうなることはわかっていたのに。

私がつい唇を尖らせると、ルーファス様が慌てて釈明した。

「違う違う、技術にケチをつけているんじゃない。お義母上から『とっても愉快な連弾をピアは弾いてくれる』って聞いてたからそれを期待してたんだ。お願い！」

――ひょっとして、猫を踏んじゃう曲のことだろうか？　下手ゆえに退屈なピアノのレッスンの合間に思い出して弾いていたら、母が面白がって教えてあげたっけ。

「あれは人様にお聞かせするような曲では……うっ！」

ルーファス様が両手を合わせて、目を煌めかせ、この世の美を全て集めたような表情で懇願していた！　私は秒で負けた。

「……はあ。わかりましたから、ちょっとお待ちください。サラ――！」

大声でサラを呼ぶ。連弾は一人ではできないのだ。

私の呼びつけに、サラは慌てて走ってやってきた。当然マイクも入室する。猫の曲を一緒に弾くよ！　と言うと、サラの頭上に盛大な『？』が浮かんだ。

「またお母様がいらんことをルーファス様に吹き込んだの」

「あらあら。でもまさか、お嬢様が小さい頃一緒に弾いてたアレですか？　あれはルーファス様に聴かせるにはちょっと品がないかと」

サラが難色を示す。ごもっともだ。

「じゃあ、もう一曲のほうは？」

「姉妹がケンカしたり仲直りしたりして敵をやっつけるお話の曲……でしたっけ？」

私たちの会話を聞きながら、ルーファス様はスマートにサラの分の椅子も、私の横に置いた。マイクは腕を組んで不思議そうな顔でルーファス様の後ろに立つ。私が覚悟を決めて頷くと、サラは愉快そうに笑って席につき、鍵盤に指を置いた。

「サラ、覚えてる？」

「もちろん。お嬢様との楽しい出来事は、全て覚えておりますよ」

「……よかった。じゃあいくよ、せーのっ！　私たちは無敵～～」

「歌うのかっ⁉」

ルーファス様の驚愕の声を聞き流し、私はやけくそで大声で弾き語りした。

前世で大ブームを巻き起こした映画の主題歌だ。大好きだったので、連弾にアレンジし分担することで難易度を下げ、弾けるようになった。

サラも笑いながら指を動かしつつ、途中から「無敵～～」と輪唱のように歌ってくれた。

ルーファス様は歯を見せて笑い、マイクはお腹を押さえて前傾で体を震わせていた。

ジャーンと長めに音を引っ張って鍵盤から指を放すと、男性二人から盛大な拍手が起こった。

「素晴らしい！　こんなに笑ったのは久しぶりだ。こういう皆の心を軽くする機転はお義母上譲りなのかな？　ユーモアを持つ妻で嬉しい。サラもありがとう」

「本当に、思いがけずピア様とサラの歌声を聞けて、今夜は気持ちよく眠れそうです」

マイクも目尻の涙を指先で拭いながら、サラを見つめてそう言った。

「ドラマ性のある歌詞もよかったが、曲に疾走感があった。ピア、私にも教えて。今度は私がピアと連弾したい」

そういえば、以前聞いたルーファス様作曲のピアノ曲も、とてもスピーディーに展開する曲だった。

「いいですよ。メロディーラインの私よりも、サラのパートのほうが上級者向けで面白いですよね」

「私もそう思う」

ルーファス様は絶対音感をお持ちのようで、ゆっくりと二、三度弾いたらほぼ覚えてしまった。私たちは何度も視線を合わせてタイミングを計りながら曲を奏で、最初から最後までばっちり重なった時、互いに歓声を上げてハイタッチした。

うまく気分転換できたのか、ルーファス様は翌日から精力的に動いた。

物資支援に加えて、『穏健派が立ち上がり、首尾よく政権交代した暁には、速やかにス

タン博士の弟子で自分の身を守ることができるギルド員を派遣し地質、資源調査の協力をする』ことを手土産に、相手を交渉の場に引っ張り出すという計画を上奏した。すると陛下は当初難色を示したらしい。非のない我が国が下手に出すぎているのではないかと。

しかし、ルーファス様は「国家間の正当な賠償はきちんとぶんどるのでご安心ください」と言って陛下を納得させ了承してもらい、新たなる手として実行に移した。

やがて、メリークで生活し溶け込んで諜報活動をしている我が国のスパイの手引きで影は計画どおり潜入を果たした。そして穏健派の重鎮たちと接触し、会合を持つことに成功した。

「ピアの研究内容をエサにしたら、想像以上の大物が食いついた。話し合いを重ね、彼らを水面下で支援していくことに決まった。ピア、快く使用を許可してくれてありがとう」

「よかった……お役に立てたのなら嬉しいです」

私の地味な研究が平和への道に少しでも貢献できるならば言うことはない。

久々の明るいニュースに胸を撫で下ろした。

表立っては変化のない数日を過ごし、いつもどおり日付が変わる頃にルーファス様と

就寝したのだが、夜中ふと目が覚めると、あるのが当たり前になってしまった隣のルーファス様の温もりがない。

ブルッと身震いし体を起こし、暗闇に慣れた目で部屋全体を見渡すが、彼はいなかった。手洗いだろうか？　と思ったが、しばらく経っても戻ってこない。急に仕事が入った？この夜更けにルーファス様を叩き起こすほどの仕事ならばメリーク関連だろうか？

私はガウンを羽織り、静かに廊下へのドアを開けた。そこには誰もいないが、階下から小さな話し声が漏れ聞こえる。やはり誰か訪ねてきている。

物音を立てぬようにゆっくりと一階に下りると、書斎から灯りが漏れていた。ドアの前に辿り着き、ノックしようと手を上げると、室内から身内の者ではない男性の声。それもどこかで聞いたことのある声だ。

なぜか緊張し、でも確かめずにはいられず、そっとドアを細く開け、中を覗いた。

そこには冷ややかな顔をして一人掛けのソファーに座ったルーファス様とその後ろに立つマイク、そして正面に一人の細身の男性が座っていた。顔を見て——驚愕する。

トレードマークだった長髪はヘンリー様よりも短く刈り上げ、無邪気な笑顔は封印され、緊張した硬い表情をした、ジェレミー様——フィリップ殿下を殺そうとした人に敬称を使う必要などないだろう——ジェレミー・ローレンが我が家にいる！

両手を口に当て、驚きの声を上げないよう注意しながら、耳をそばだてる。

「影の手引きでそれほどの苦労はなく……」

「毒の製法は？」

「製法自体は正直複雑というほどではないのですが、素材がメリークにしかないのと、道具がよくできていないと抽出は……」

またジェレミーは毒の話をしている！　それもルーファス様と⁉

混乱を深めながら、その夜中の密談を息をひそめて凝視していると、静かに肩を叩かれた。悲鳴を呑み込み振り向くと、メアリが口に人差し指を当てて立っていた。私が頷くと階段を指差される。私はメアリのあとについて、おとなしく部屋に戻った。

「メアリ、あの、立ち聞きなんて不作法なことをしてごめんなさい……」

「ピア様、ここはピア様のお屋敷です。どこを歩き回っても自由です。先ほどの件について私は答えを持ち合わせておりません。ですが、すぐ終わる話でもなさそうでしたわ。ひとまずベッドにお戻りください」

「……そうね」

私が言われたとおりにベッドに入ると、灯りが消され、ドアが閉まった。もちろんすんなり眠れるわけもなく、夜が白み始めるまで一人、悶々としていた。

目が覚めると、もう随分日が高かった。はあ、と大きなため息をついてベッドを下りると、その音を聞きつけノックがあり、サラが入ってきた。

「おはようございます」

「おはようサラ、寝坊しちゃったわ。ルーファス様は？」

「もう出勤されました。ピア様は寝かせておくようにとのことでしたので。夜に戻ったらお話があると伝えるよう言付かっております」

「……はーい。家にいてもモヤモヤしちゃうから、アカデミーに行く。朝食、申し訳ないけれどお弁当のように包んでくれる？」

「そうおっしゃるんじゃないかと思って、サンドイッチにしていただいておりました」

「さすがサラ！」

それから一日アカデミーで、あまり頭を使わない作業――発掘道具の手入れや、足りない備品のリストアップ、領収書の整理などをして過ごした。

いつもの時間にルーファス様は帰宅し、私と違って何もかも通常どおりだった。食事のあと、昨夜のルーファス様とジェレミーの密会の現場でもある書斎に誘われた。

手を取られ、ソファーで横並びに座らせられる。

「昨夜は心配をかけてごめんね。急に報告があると言ってきたものだから、ピアに話しておく時間がなかったんだ」

「報告……ですか？」

「うん。少し前からジェレミーには私の手駒として働いてもらっている。メリークを探らせることにおいて、彼以上の適任はいないからね」

「つまり、メリークのスパイだったジェレミーを、ルーファス様のスパイにしたということですか？　今は味方で、昨日も心配要素のないお話し合いだったと？」

いわゆるダブルスパイってこと？

「うん、そのとおり。他国と足並みを揃えた経済制裁だけでは埒が明かないという結論に達し、次の手をと考えて、穏健派への支援を打ち出しただろう？」

私はその話を思い出しながら頷いた。

「それと同時にもう一手、作戦を立てたんだ。あまり人に言い触らせない、裏バージョンの一手をね。表の計画だけではスピードが足りなかった」

「で、でも、ジェレミーはメリークに完全に忠誠を誓っているように見えました。抵抗しなかったのですか？」

「ジェレミーはこのままだと裁判で死刑確定だ。減刑のためならなんだってする。命がかかっているんだ。死の恐怖を前にすれば忠誠なんてゴミになるのだろう。死刑は毒を用いた一瞬で終わる優しい死などではないからね」

確かに、死の恐ろしさは身をもって知っている。

「それに彼らが頑なに信じていたメリークは、とうとう今日まで救いに来てくれなかったのだから」

「でも、寝返る恐れは？」

「もちろんジェレミーには二十四時間見張りがついている。怪しい動きをした瞬間に、裁判を待たずに死ぬ。まあでも他の人間相手には知らないが、もはや私には逆らえないね」

ルーファス様、一体彼に何をしたのだろう……。

「ええと、具体的には彼にどのような役割を？　あ、私に話せることだけで構いませんので」

「うん。まずうちの影が穏健派と接触を図るのに並行して、ラグナ学長の行方不明になっているメリークの学者仲間を探したんだ。元々メリークに配備している影の情報と合わせて推察し、学者たちが軟禁されている隠れ里を見つけた」

学長がいつか、連絡のつかない大事な仲間がいると、しょんぼり話していたっけ。

それにしても学者の皆様、お気の毒に。権力をかさに、やりたくもない研究をギリギリの精神状態でさせられていたのだろう。

「そこでアージュベールとの戦争で使うために、〈マジックパウダー〉よりも数倍殺傷能力の強い毒を開発中とわかったんだ。早急に対処の必要ありと判断し、ジェレミーを潜り込ませた」

そういうことならば、確かにジェレミーは適任だ。メリーク語や歴史、国土に精通しているだろうし、何より彼は良くも悪くも毒のエキスパートだ。

「なるほど。ですがジェレミーの、元はメリークのスパイで任務に失敗してアージュベールに捕まり、今現在は刑を待つ立場だいうことはバレていないのですか？」

「隣国に潜らせているスパイの顔を知る人間など連絡係くらいだよ。味方相手であれ、顔はできるだけ割れないほうがいい」

確かに、我が国にメリークのスパイがいたように、メリークにも我が国はじめ他国のスパイが潜んでいるのは確実だ。一般論として、たとえ自国に戻っても、気が緩みスパイであることを吹聴するようなマネはしないだろう。

「ちなみにジェレミーはメリークに足を踏み入れたことはない。怪しまれるような行動は一つとしてないアージュベール生まれアージュベール育ちの完璧なスパイだったからね。これは国の尋問官が取った供述だから信頼できる」

繰り返すが国境を越えるのは簡単なことではない。子爵子息ごときがメリークに出入国するなどありえないのだ。

「ローレン一家はその道のプロのメリークの連絡係と、彼らの屋敷で会合を持っていたということですね？　極めて密やかに」

「うん。連絡係は薬の素材を売る商人に擬態していたよ。もちろん処分済みだ。それに極秘の毒工場のある隠れ里はメリークの首都から遠く離れ、地図にも載っていない。まず顔バレしてる恐れはないよ。逆に一番気をつかったのは我が国内のベアード周辺に計画が漏れないようにすることだった。マリウスの親類の連絡係はまだ泳がせているからね」

　言われて気がつく。確かにこの世界には写真も指名手配書もないから、元から知っている者にでも出くわさない限り、バレる恐れはないのだ。

「ローレン家とベアード家は常日頃から綿密な連携を取っていたのでしょうか？」

「いや、ローレン一家三人の取り調べによると、連絡系統は全く別で、命令が下れば協力するという関係だったらしい。下手に接触し怪しまれるようなヘマは避けたかったのだろう。貴族として無難な距離を保っていた。実際のところ互いにあまり興味はなかったんじゃないかな？」

「……そうですよね。医療師団長という立場なら、毒クッキーの首謀者がベアード伯爵とわかって以降、国王陛下がベアード家をこころよく思っていなかったことも知りえたかもしれませんし、ローレン家からベアードに擦り寄ることはナシですよね」

「ローレンは王妃だけでなく陛下のそばにいる機会も多かったからね。一方のベアードも、敢えて伯爵家である自分たちから格下のローレン子爵家に近づこうとは思わなかったんじゃないかな」

　隠し部屋で見たベアード元伯爵を思い出す。確かにプライドの塊のような男だった。

「では、マリウスとジェレミーは？」

「『認識はしていたが、話したことはない』と、ジェレミーは尋問で答えている。仮に打ち合わせが必要な作戦があったとしても当主だけだろう。ぞろぞろ引き連れて行っても目立つだけだ。マリウスのほうは自分が世界で一番賢いと思っている人間だから、ジェレミーの失敗をあざ笑うことこそあれ、自発的に彼の救出に動くとは考えにくい。とはいえ、可能性はゼロではないから注視はしている」

ルーファス様の言葉に頷きながら、ジェレミーからの情報漏洩の可能性は低いものの、周囲に細心の注意を払う必要があったことを理解した。マリウスには姿形を把握されているのは間違いないのだから。

「そうして身元をごまかしたジェレミーは影の手引きでメリークへの潜入を果たし、メリークの今後の最強兵器になる予定の出来立てほやほやの毒を盗むことに成功し、しばらくは簡単に作れないように製造器具を破壊。さらには学者たちを逃がし、不審火を起こし、建物ごと全て燃やして出国してきたそうだ」

「……なんて大胆な。ジェレミーにそんなことができるなんて」

一人何役もの活躍！　前世のスパイ映画のようだ。

しかし、彼がそのように優秀だったからこそ、フィリップ殿下が命の危険に晒されるまで、私たちは彼のことを気にも留めなかったのだ。

「もちろん一人ではない。監視役はじめスタッフが臨機応変に手伝った。まあ本人もよく粘ったと聞いている。成果を上げようと必死だったのだろうね。せいぜい我が国のために働いてくれ。……私は利用できるものは全て、利用する」

そう言ったルーファス様の瞳に一瞬だけ翳りが見えた。

ルーファス様は本当のところはジェレミーの顔など見たくもないはずだ。敬愛するフィリップ殿下を殺そうとした相手なのだから。でも、私怨はグッと呑み込んで、ジェレミーと会い、彼の刑が軽くなる方向で動いている。

戦争を回避するため、国民が苦しまないため、つまりは国のために自我を殺している。我慢している。

昨夜についての私への説明も、自分の気持ちが落ち着き、冷静に話せるようになるまで待っていたのかもしれない。通常どおりに見えたのは、周りを動揺させないための演技だ。

私はそっと膝にあった彼の左手を両手で包んだ。

「ん？　どうした？」

「……素晴らしいです。ルーファス様は」

こういう時、どう声をかければいいかわからない。口下手な自分がもどかしい。しかし、ルーファス様はそんな私の気持ちを、もちろん汲み取ってくれる。

「……ピアがそう思ってくれるのなら、動いた甲斐があったかな。ともかくこれでメリークの隠し玉、交渉道具と思われる新毒は我が手の中にある。ここから先は父と陛下の仕事だ」

ルーファス様は控えめに口の端を上げた。

「ルーファス様の働きは水面下のものだから歴史に残ることはないけれど、私は全て隣で見ております。ルーファス様、和平への道を諦めず探してくれて、ありがとう」

「ピア……」

ルーファス様は優しく私を抱き寄せて、頬を頬に寄せた。

「……ほんっとにどれだけ私を喜ばせれば気が済むの？　もう結婚したというのにますます君を好きになる。ピア、もう部屋に戻ろう」

そう言うとルーファス様は私を胸に抱いたまま立ち上がった。

「ルーファス様、まだ寝間着じゃありません！　歩きます」

「すぐ寝間着になるから問題ない」

「は？」

ちょっと考えて、ルーファス様の言うことはやはりへりくつだと文句を言おうと思った時に、私たちの部屋に到着した。

ドアがバタンと閉まった瞬間、私の口は性急なキスで塞がれた。

第五章 和平交渉へ

アカデミーで論文の下書きをしていると、新聞が届けられた。

新聞はこのアージュベール王国では二種類あり、どちらも数日おきの発行。それゆえ鮮度は格別ない。前世的に言えば週刊誌のような感じだ。

そして安いものでもなく、庶民は手に入った古くなったものを回し読みしている。確かキャロラインも古新聞の尋ね人欄を見てラムゼー男爵を訪ねたと言っていた。

そんな、案外貴重な新聞をアカデミーでは閲覧できる。アカデミーの先生方の執筆した文章が載ることも多いし、自分の研究ばっかりに集中していないで世間のことも知っとけ！　というラグナ学長の方針でもある。

ちなみに古新聞は採取した化石を包むのに役に立つ。仲良しの先生方は読み終わったあと、この部屋に持ってきてくださる。優しい。

私は早速休憩に入り、お茶を飲みながら目を通した。メリークの動静について大きく紙面が割かれている。

「この大見出しの『メリーク帝国の山里にて大規模火災』って、うちの影の皆様の見つけた隠れ里のこと？」

そうマイクに尋ねると、マイクも私の肩越しに紙面を覗き込んで頷いた。

「はい」

「もう全く隠れてないね」

記事は、『既に黒焦げになってしまったが、その建物には山里に似つかわしくない最新設備が整えられていたようだ――メリークの国民は日々のパンすら手に入れられない状態だというのに――』という皮肉で締めくくられている。

「オープンにするほうがメリットがあるというお考えです。あちらでは実験器具の暴発が原因と結論づけたようですね。実際あの工場では爆薬も取り扱っていたので、そこが火元に見えるように工作したそうです。この記事がメリークに逆輸入された時に、メリーク国民の苛立ちは現メリーク政権に向けられるでしょう」

マイクの口ぶりから察するに、この記事にもスタン侯爵家は一枚噛んでいるに違いない。このことからもわかるように、ルーファス様は新聞を事前に目を通すことができる立場のようなので、我が家で購読するかと聞かれた時にお断りした。

紙面をめくり、他の記事に目を移すと『ついに立ち上がる穏健派、反政府デモ各地で巻き起こる』ともある。

メリーク国内各地で一斉に反政府の世論が沸き上がり、デモが起こっていること。現政権は当然鎮圧に乗り出しているが、いかんせん数が多く、火消しできずにいること。皇帝の格好の出番であるのに、宮殿から出てこないため、皇帝派の求心力も急激に失せているらしい。

「こっちもおおよそ間違いない？」

「ええ。起死回生になるはずだった毒も、それを作り出した研究者も燃えてしまったと思い込み、皇帝は呆然自失の状態のようですね。ただ、皇帝を焚きつける皇帝派の面々は、その製造方法は手元に複写があるからまた作ればいいと強気のようですが」

もちろん、毒工場で働かされていた人々は救出しているそうだ。

「反政府の声が上がりだしたということは、ルーファス様主導の支援が、ひとまず行き渡ったということかしら」

「潤沢に物資を投入しています。国境警備のメリーク兵たちも食糧難にあえいでおり、賄賂を渡せばドンドン通してくれるそうです」

「……末期ね」

再び紙面に戻ると反政府の旗印として、なんと前皇帝の妹、ゾーヤ皇女が立ち上がったと書いてある。絵姿は若い頃のもののようで、美女がティアラを身に着け、硬い表情でこちらを見ていた。

記事によれば、ゾーヤ皇女は前回の戦争の時に多感な年頃で、ほとほとうんざりしたため政治と距離を取り、利用されないように学者になった才女、とある。

学者の皇女殿下……ひょっとしたら隠れ里で軟禁されていた研究者たちを救出、解放したから、ゾーヤ皇女はアージュベールと手を組む気持ちになったのかもしれない。

「それにしても、新聞に載るのが少し早くない？　しかも他国の情勢よ？」

「我が国やゾーヤ皇女率いる穏健派の様々な思惑で、リークしているのでしょうね。流れは乗るものではなく、作るものだとルーファス様が常々おっしゃっております」

「作っちゃうんだ」

初めて知った。

「ここまでくれば、和平まであと一歩です。そうなればピア様もルーファス様と新婚らしく旅行にでも行かれてください」

そうだ。私たち新婚だった。日々の会話は政務中心で、我ながら熟年夫婦っぽい。マイクの言うように、この件が落ち着いたら化石旅行に出かけよう。

私はピアノを弾いたけれど、ルーファス様には例の『軍港近くの海岸線の発掘』というまだ果たされていない賭けの約束が残っているのだ。

ルーファス様は苦笑しながらも付き合ってくれるはずだ。


帰宅したルーファス様に新聞を読んだことを伝えると、内容を肯定した。

「そうそう、覚えてるとは思うけど、ギルド員によるピアの技術提供は、政権交代した暁に協力するという密約だから、現段階で新聞に載ることはない。でも鼻先にぶら下げる人参として大いに役に立ってるよ」

ギルド員は皆優秀で仲が良く、私にもとても親切だ。メリークが安定してからの派遣になると聞いてホッとした。

「その火事によって助け出された研究員の皆様はどうされているのですか？」

「救出時は衰弱していたけれど、今は元気で手厚く保護しているよ。しばらくは表には出られないけどね」

ふとキャロラインの一件が頭をよぎり、念のために聞いてみる。

「研究員たちや皇帝派の誰かが、秘密裏に毒を持ち出したということはないですか？」

「事前の持ち出しはない。研究員たちは皇帝派の者には『極めて取り扱いの危険な代物だ』と言って触らせなかったそうだ。ジェレミーが盗んだものが全て、と仲間から聞き取ったゾーヤ皇女が保証している」

皇女の保証ならば、信用できるだろう。

「実はね、ゾーヤ皇女とは交渉の中で信頼関係を築き、軟禁されていたメリークの優秀な学者仲間たちを無事に救出した時には、自分が表に出ると確約してくださっていたんだ。親しい学者たちと再会し、泣きながら抱き合う光景は感動的だったって。それ以降、これまで隠居していたのが嘘のように、積極的に立ち回ってらっしゃる」

「それはよかったです。ゾーヤ皇女も何か吹っ切れたんでしょうか？」

「現皇帝のやり方に辟易し、政と距離を置いていたが、学者仲間が望まぬ研究を強いられ、その成果が武器として利用され多くの人間の命を奪い、〈マジックパウダー〉のように他国への侵略の足掛かりにも使われたと知り、嘆いていたそうだ。そして出口の見えない国内の不況に政権が講ずるのは、未来のない圧政。あえぐ国民……いよいよ堪忍袋の緒が切れかかったところに、我々が飛び込んでいった格好だ」

サラがさりげなく淹れてくれたお茶を飲みながら、タイミングやいろいろな要因が作戦を成功に導いているのだな、と思った。

「皇女は例の火事もね、出火には日増しに勢力を広げる国内の穏健派の支持者が絡んでるかも？　と敢えて匂わせ、現政権を揺さぶってる。どんどん豪胆になっていくね。それとは逆に皇帝は誰を、何を信じればいいのかわからず、疑心暗鬼になってるって」

覚悟を決めた女性は強いのだ。

「で、ピアはその記事を読んでどう思った？」

おそらく一般論が知りたいということだろう。

「そうですね、記事を読む限りゾーヤ皇女は人格者のようですし、揉めることなくメリークの政権が交代してゾーヤ皇女の治世になればいいなあ、そうなれば我が国とも仲良くできそうだな、といった感じです」

　ルーファス様は小さく何度も頷いた。

「そうか、ほぼ世論も熟したようだね。我々も時は今だと考えて、父は早速和平会議をメリークに申し入れた」

「いよいよ……お義父様自ら動かれるのですね」

　宰相であるお義父様が動くということは、いよいよ最終段階を迎えたということだ。

「うん。返事があり次第うちとメリークとの国境検問所にある迎賓館で開催予定だ。皇帝だけでなくゾーヤ皇女はじめ穏健派の実務メンバーも同席できることになったし、ジェレミーの持ち帰った毒もある。父上の勝ち戦は目に見えている」

「だとしても、準備は怠りなくってところですね。お疲れ様です」

「ありがとう。まあでも、父が会議に出発してしまえばこっちは小休止だ。ピア、たまには劇場にでも行こうか？　チャーリー、今上演中の演目を調べておいてくれ。観劇のあとはあのレストランで……」

　私は慌てて口を挟んだ。

「お、お待ちください。ルーファス様はお義父様に同行しないのですか？」

「父は子どもじゃない。私がいなくても大丈夫だよ」

　お義父様が私たちより何倍も百戦錬磨なことくらいわかっている。そうじゃない。ここまで下準備を重ねてきたルーファス様が、その成果が結実する現場にいなくてもいいのか？　ということだ。

「今後のために、ルーファス様ご自身がゾーヤ皇女と顔を繋いでおくのも必要では？」

「別に今回でなくともいい。私はまだ宰相補佐だからね」

今回でなくてもいいということは、顔合わせの必要性はわかっているのだ。なのになぜ出向かない？　いつも先取り先取りのルーファス様なのに？

「あっ……」

「ピア、どうした？」

……私のせいだ。私がイリマ王女の件で離婚話が持ち上がった時に、ルーファス様から離れることを極端に怯えたからだ。そして、キャロラインを襲った犯人や、予言に怯えていることも知らせてしまった。私が頼りないからここを離れられないのだ。

そんなのは嫌だ。大好きなルーファス様のお荷物になどなりたくない。支える立場になりたいのだ。私はルーファス様に向き直り、視線をきちんと合わせた。

「ルーファス様、私のことを心配してくれてありがとうございます。でもスタン侯爵家に命令を下せる立場のお方で、ルーファス様の留守中、我が家にちょっかいをかける方はもうおりません。全てルーファス様が排除してくださいました」

「まあ、そうだけど」

「私はこの、ルーファス様が整えてくれたお気に入りの屋敷で、大好きで頼りになる使用人たちに囲まれています」

私はルーファス様の後ろのチャーリー、次にドアの横に控えるサラの存在を視線で指し示し、ルーファス様に戻った。

「もし王都で何か事件があれば、スタン領やルーファス様が安全を約束してくれたロックウェル領に参ります」

どちらにも万が一の時、私が身一つで訪問しても困らないような準備が終えてある。ルーファス様が平時の今だからこそ、万全に備えるのだと言って。

「だからルーファス様は会議に行くべきです。是非世紀の瞬間をその目で見て、その様子を私に教えてください。そして全力でお義父様をサポートしてきてください」

「ピア……」

「そして……私が言うのもおこがましいとは思いますが……」

「バカだな、なんでも思ったことを話して？」

優しく促すルーファス様に甘え、少しだけ、自分の暗い心の澱を吐き出すことにした。

「ルーファス様、お義父様といつでも一緒にいられるというのは間違いです。親に教わりたいな、親孝行したいな、と思った時に、親が健在かどうかなどわからないのです。自分も親孝行できる立場にあるのか……」

私の中で前世の記憶とは、ピアである今の自分の子どもの頃の記憶を思い出すことの延長だ。

最期の一日だけは別として、もうその記憶も古くなり随分薄まったけれど——前世の私は、いつか博士になったら両親を旅行に連れていこう、いつか論文が専門誌に掲載されたら、それを送って私の研究を理解してもらおう、など、いつかばかりだった。

結局、何も自分の生きざまを伝えることなく親より先に逝くという、最低最悪の親不孝をしでかした。大それた活躍など夢見ずに、たまに帰省して顔を見せて、ファミレスでご飯を奢るだけでよかったのに。

今ではもう前世の父と母の顔をはっきりと思い出せない。ただ、もはやどうにもならないかつての私の後悔が、今の私の胸にだらだらとくすぶり続ける。

そして……お義父様はルーファス様に輪をかけてパーフェクト人間だ。だからこそ、プライベートや社交ではお義母様がいらっしゃるけれど、仕事の場では背中を守ってくれる人間はこれまでいなかったはず。

愛する息子が一人前になり、一緒にいてその役を担ってくれれば、一気に負担が軽減するに違いない。

強いからといって守らなくても大丈夫なわけではない。まあ、お義母様が全力でお守りしているのだろうけれど、ルーファス様が後々後悔しないように……。

「ルーファス様、お願いです。私のために会議に参加して、『結婚してますます辣腕ぶりが増したね！』と言われて、私の株を国レベルで上げてきてください」

ルーファス様は私のあちこちに跳ぶ話を真剣に聞いてくれて、最後に柔らかく笑って私の手を握った。

「わかったよ。ピアに克明に語れるように会議をしっかり見届けて、不測の事態が起これば、ピアの内助の功が光るようにきっちり働いて、父が窮地に陥るようなことがあれば、前に出て、全力で戦ってくるよ……私のために」

ルーファス様は一言えば十わかってくれるのだ。

「はい！　よろしくお願いします。では旅支度をいたしましょう。国境付近はまだまだ寒いですよね。暖かいコートを……」

「チャーリー、サラ、ちょっと下がって」

「「はい」」

私の言葉の途中で、ルーファス様は人払いをした。

「ルーファス様？　よほど緊急で秘密の言伝でもあるのですか？」

「うん。旅に出る以上、緊急かつ密やかに行うべき案件だね。よいしょ」

そう言うと、ルーファス様は私を膝の上に乗せ、自分の脇のくぼみに私の頭を入れ、てっぺんにキスをした。

「え、えっと？」

「離れるぶん、ピアを補給しておかないと、会議場でエネルギー不足で倒れてしまう」

「なんですかそれ？　でも、そうおっしゃるなら私も補給させていただきます！」

私もルーファス様の背中に両手を回し、正面からぎゅーっと全力で抱きしめた。相変わらず柑橘系の爽やかな香りがする。広い胸に顔をぐりぐりと押しつける。

「うわあっもう！　ピア、ちょっと待て！　理性が保てない！　準備に入るからこれ以上手を出せないっていうのに、ほんっとにもう勘弁してくれ……」

二日後、スタン侯爵家の馬車がルーファス様を迎えにやってきた。

「ピア、必ず十日で戻る。スタン邸やロックウェル邸に顔を出しながら、母やメアリの言うことを聞いて待っていて。王都に不穏な動きがあれば、ロックウェル領のおばあ様のところに行くんだよ」

「かしこまりました」

ルーファス様がどことなく不安げな顔をしている。本当に心配性だ。たった十日で何が起こるわけでもないのに。

「ねえルーファス様、十日で戻るっていうのは賭けですよね。もし一分でも遅れたら私の鎌とスコップをオーダーメイドで新調してください！　軍港周辺の発掘に備えて」

私は努めて明るくそう言った。ルーファス様が戻る頃には軍港付近に立ち入っても怒られないくらい、政情が安定していると願って。

「わかった。じゃあ、私のほうの賭けは……戻ってきたら久しぶりにオニシカ亭のシチューを奢ってほしいな」

お安い御用だ。私は頷いていそいそとプレゼントを取り出す。

「ルーファス様、今回のお仕事、私的には天下分け目の戦いだと思っております。なので昨夜夜なべして刺しました。私と思ってお持ちください」

「私を早々に寝かしつけて、遅くまでコソコソと何をしているのかと思ったら、何か作ってくれてたの？　え、これは……」

彼がそれを目の前で広げた瞬間、皆が集合するエントランスに沈黙が広がった。

「もちろんアンモナイトハンカチです。戦時に愛する人に渡して無事に戻ってくるのを待つ、というのが本来のこのイベントの意義なのでしょう？」

今回はお守りの意味が強いので、いつもより大きく、光沢のある糸で丁寧に刺繍した。

「キラキラに輝いて、とぐろ巻いてますね……」

「静かにっ！」

若いが頼れる我らの執事チャーリーの呟きに、メアリが怒っている。チャーリーが失敗？　なんて珍しい。首を傾げていると、ルーファス様が若干震えた声で呼びかけた。

「……ピア、刺繍はバラでいいって何度も言ったよね？」

「はい。だからぐるっとアンモナイトをバラで囲んでおります。アンモナイト、巷ではウンがつくって、ここぞの時に人気らしいのです。ここぞじゃなくても普段使いしてほしいところなんですが」

「黄土色のグルグルを取り囲む小さな黄色の刺繍、何が飛んでるのかと思ったら、黄色いバラか……」

「黄色いバラの花言葉、平和だそうです。完璧でしょう？　あ、会議中に落としても戻ってくるように、今回はお名前も入れました」

ルーファス様は虚ろな瞳でハンカチを折りたたみ、胸ポケットにしまった。

「ピア、ありがとう。私は必ずこれを君に返すために一刻も早く戻ってくるから。これを持ったまま野垂れ死になんて、絶対にあってはならない！」

「そう！　その意気です！」

謎の闘志をみなぎらせるルーファス様。やる気が出たのはいいことなので、私は力強く頷いた。

「ルーファス様、お時間です」

そうこうしているうちに、マイクが声をかけた。マイクには今回はルーファス様についてもらうことにした。国境に赴く宰相補佐と、家に引きこもりがちな化石マニア、どちらの危険度が高いかは言わずもがなだ。最も有能な護衛であるマイクがルーファス様のそばにいることで、私は安心して夜、眠ることができる。

ルーファス様の両肩に手を置いて伸び上がり、両頬にキスをした。

「ルーファス様、いってらっしゃいませ。無事のお帰りをお待ちしています」

「ピア、行ってくる。風邪を引かないようにね。愛してる」

ルーファス様も私の頬に羽のようなキスをして馬車に向かい、乗り込む寸前に大きく手を振った。平和に向けて出発した。

ルーファス様の行動は国家機密なので、私は彼の不在もその身の心配もおくびにも出さず、平常どおりの行動を心がけた。

つつがなくスタン領本邸に到着したという連絡を聞き、ひとまずほっとするも、これからが本番だ。

私はどうにも落ち着かなくなり親友エリンに連絡してみると、彼女は王都滞在中で午後なら時間が取れると返事があった。

春目前の日差しとなり気温も随分上がってきた。外出してもルーファス様が心配するような風邪を引く心配はない。私はいそいそとエリンのお店に向かった。

マイク不在のため、ビルに扉を開けてもらい馬車を降りると、久々にやってきたエリンのお店は趣が変わっていた。明るいオレンジの地色に白抜きのおしゃれなフォントで『ホワイッ』と書かれた看板が、正面に掲げられていたのだ。

感心しながらビルと見上げていると、馬車の音に気がついたのかエリンが中から出てきてくれた。

エリンと会うのはヘンリー様のお誕生日パーティー以来と、そう日は経っていないけれど、半年後に結婚が控えているからか、ますますはつらつと輝いて見える。今日は柔らかいピンクのドレス姿で、私の親友は春を運ぶ女神のようだ。

ちなみに私はこの春用にとルーファス様が贈ってくれた萌黄色のワンピース。〈妖精の涙〉とセットで何かしらグリーンを身に着けていると、一緒にいるようで……落ち着く。

「エリン、ごめんね、毎度のことながら計画性なく押しかけちゃって」

「いいのよ。ピアが私に会いたいって思ってくれて連絡をくれるんだもの、とっても嬉しいわ。それに私もちょうどピアに相談があったのよ。上がってちょうだい」

「お邪魔しまーす」

そう言って、エリンの店の二階に上がる。すれ違う店員やパティシエの女性は顔なじみなこともあり、みんなニコニコと出迎えてくれる。

「エリン、ようやくお店の屋号決めたんだね」

「ふふふっ、ようやくって、やっぱり『ホワイト侯爵領特産品、王都一般向け販売所』は長いって思ってたわけね！　ピアは正直なんだからっ」

「うっ……実は、スタン家でもロックウェル家でも『エリンの店』で通してたよ」

「どう？　ホワイツって名前。所有格の形にしただけなんだけど、安直すぎるかしら？」

話しながら応接室に到着し、私はいつもどおり促されて、立派なソファーにエリンと隣り合って座った。

「呼びやすくてわかりやすいのが一番よ。この店の売りは美味しいフルーツで名高いホワイト侯爵領の直営店であることだもの。ホワイトという名を使えるのは侯爵関係者だけだとわかりきってるから、客に間違いない商品だって安心感を与えられるわ」

「よかった。裕福な年配のお客様だけでなくて、私たちよりも年下の女の子たちにも気軽に『今日、ホワイツに寄って、旬のフルーツのジュースを飲もう！』って誘い合って来てほしいのよ。そのために立ち食い分は値段を抑えてるから」

おそらくこのお店はドカンと儲けてはいない。アンテナショップとはそういうものだ。

でも、手の届く値段で試しに食べてくれた若者が大人になり、自由になるお金を稼いだ時に、『よし、今日こそ念願のホワイツの美味しいフルーツを、丸ごと一個買っちゃおう！』となるに違いない。未来への投資なのだ。

「いい販売戦略だと思う。それにホワイトってもちろん由緒ある侯爵家の名前でもあるけれど、一般的に、クリーンなイメージがあるでしょう？　この店の扱う爽やかなフルーツにぴったりだと断言します！」

「やったわ、ピア博士のお墨付きが貰えた〜！」

エリンがバンザイと大げさに両手を上げた。それを見て私もとりあえず手を上げる。

「それに看板のデザインも素敵！　ビタミンカラーのオレンジは元気が出て、フルーツがメインのこのお店をしっかり表してるよ。それに……」

「それに？」

わくわくと私の言葉を待つエリンに、オレンジ色はヘンリー様の髪の色に近い、と言いそうになってやめた。エリンが恥ずかしがってしまうだろうから。

「それに……えっとね、さっきスタッフの皆様が挨拶をしてくれたけど、スタッフがあんなにいい笑顔をしてるっていうことは、このお店が働きやすいってことでしょう？」

「そうであればいいけれど。だっていい子ぶるつもりはないけれど、一緒に頑張ってくれるなら、できるだけ仲良くしたいでしょう？」

「そういう雇用主であるエリンの気配りと、利益を上げて、きちんとお給料を払えている手腕が、みんなを笑顔にするんだわ。エリン、とってもいいお店に進化していってる。頑張ってるねえ」

「もう……ピアったら、全く畑違いのお仕事をしてるくせに、ピンポイントで私を喜ばせてくれて……照れちゃうでしょう？」

「え？」

　エリンの顔がみるみるうちに赤くなっていく。

「照れるって、頑張ってるから頑張ってるねって言っただけでしょ？」

「そうよ、私はとっても頑張ってるわ！　でも頑張ってるって気がついてもらえて、頑張ってるねって言ってもらえることなんて、ほぼないのよ」

　頑張るのは高位貴族にとって当たり前ってことなのだろうか？

「うーん、そうね。アカデミーを卒業し大人となった人間が、社会に国に貢献するのは当たり前かもしれないけれど、エリンの場合は当たり前の域を越えて頑張ってるから、私はすごいなあと思って、つい口に出ちゃったんだけど」

「はあ～無自覚の褒め殺しありがとう。本当に昔からピアの言葉を浴びると元気が出ちゃうわ。大好きよ！　ピア」

「私だって負けないくらい大好きだからっ！」

　私たちは例によってガシッと抱き合い、変わらぬ友情を確認した。

「突然ではあったけれど、今日アメリアも一応お誘いしたのよ。でも、王妃様が……病気で長期療養中でしょう？　アメリアが女性王族の仕事を全て肩代わりしていて、今日も予定が詰まっているんですって。残念がってたわ」

きっと分刻みのスケジュールなのだろう。

「大変だね。他の女性王族が増えれば……いえ、貴族に名を連ねる者として、何かお手伝いできることはないかしら？　私たちを親友と言ってくださるのだもの」

アメリアを手伝える可能性がある女性王族はフィリップ殿下の妃しかいない。でも、今フィリップ殿下に結婚を勧めるのは無神経すぎるだろう。

「うーん、王族の仕事は王族がするからこそ意味があり、国民が心酔するわけで……私たちは自分のやるべきことを粛々とこなすことでアメリアを支え、アメリアを信じ、アメリアが息抜きしたい時にすぐ駆けつけるって感じかしらね」

「いつでもアメリアの味方でいるってことね」

「そう。私たちはあの、毒クッキー騒動を共に乗り越えたいわば戦友だもの。あの強烈な経験は味わったことのない者には到底わかりっこない……私たちの太い絆だわ」

エリンがその藍色の瞳を一瞬眇め、厳しい表情になったが、すぐに感情をコントロールしたようで、朗らかなエリンに戻った。

「さあ、今日はね、気が早いけれどこの夏の新商品をピアに試食してもらってアドバイスが欲しいの！　ああ、ちょうど持ってきた。ありがとう、テーブルに置いて下がってちょうだい。それと私が呼ぶまでこの部屋に誰も入れないで」

スタッフがティーポットと共に、新商品を運んで下がった。テーブルの上には小さなガラス製の深い器(うつわ)に削(けず)った氷。上に色とりどりのシロップのかかった――

「かき氷だ……」

「よく知ってるわね。今回もカイルに協力してもらったの。前回の氷菓(ひょうか)に比べたら氷は見たまんまなんだけど、シロップがうちの商品の果汁(かじゅう)や果肉百パーセント！　さあ、部屋が暑いから溶(と)けちゃうわ。食べてみて」

暖かい部屋で冷たいデザートを食べることはこの世の至福の一つだ。

「うわあ、いいの？　いっただっきまーす」

「味の意見が聞きたいから、全部一口サイズで作ったわ。食べ比べてね」

「カイル監修(かんしゅう)なら私の意見なんていらないでしょう？」

「ピアのような単純な舌の、素人(しろうと)の意見を聞いたほうがいいんですって」

カイル、何気に私をディスってないかしら？　まあ単純な舌の素人であることは間違いないけれど。

ライトグリーンはカロナメロン、赤はベリー、黄色は……晩白柚(ばんぺいゆ)――マレダリだ。そして深いこの緑はカイルお手製の抹茶(まっちゃ)？

私は遠慮(えんりょ)なく順に食べてみる。素材そのものの濃縮(のうしゅく)された味が口の中に広がって贅沢(ぜいたく)の極みだ。かき氷はシロップさえ作りだめしておけば、あとは氷を削るだけ。アイスクリームに比べればパティシエの手間はずっと省けるだろう。だからこそシロップに命運がかかっているというわけだ。

などと考えているうちに、頭にキーンと痛みが走った。思わず顔をしかめ、両手でこめかみを押さえた。

「あ、ピア大丈夫？　急いで食べると痛くなるわよね。なんでかしら？」

エリンも経験があるようで苦笑して、私に温かいお茶を手渡してくれた。それを飲めばすぐに頭痛は治まった。

「ありがとう。どれも美味しかったよ。でもしいて言うなら……」

「うんうん」

「メロンはこのままでいいと思う。ベリーは酸味が強いから、甘いのを想像してた人ががっかりするかも。煮詰める時にお砂糖を足しちゃだめ？　あとマレダリは逆にさっぱりしすぎだから果肉を少し足したらアクセントになるかな？　抹茶はカイルの作ったこの味がベストだと思う」

「わかった！　素材の味を大事にしたいけど、万人向けに寄せる努力もしないとね。改良したらまた味見してちょうだい」

「万人代表の私に任せて！」

エリンは自らさっと空いた器を片付けて、テーブルを拭いた。そういえば、先ほどスタッフを部屋から出したのだ。

そして私も一人だ。絶対に安全なエリンの店には侍女は連れてきておらず、お供は護衛のビルだけ。そのビルは一階でエリンの護衛と共に店の出入り口二カ所を見張っている。

「で、ピアはルーファス様がお留守で、なんとなく不安になって私のところに来たって感じかしら？」

「なぜルーファス様が留守だと……ホワイト侯爵から聞いたの？」

「宰相閣下が王都を空けるって、なかなかの大事件よ。それも先日結婚式で領地には行ったばかりだもの。情報を収集して、だいたいのところを推測したってとこね。ホワイト家として当たっている自信はあるし、工作がうまくいくように願っているし、この話を外に漏らして妨害するつもりももちろんないわ」

全てお見通しらしい。そしてこの話を見越して人払いしてくれたようだ。せっかくエリンが核心をぼかして話してくれたのだから、私も詳細は語らない。

「うん。私も全て順調に運ぶことを願ってる」

「私は予備役の兵士だけれど、だからこそ誰よりも切に私なんかに召集のかかる事態など起こらなければいいと、常々思っているの」

私よりもよほど戦闘の過酷さを知るエリンの言葉は重い。それを噛みしめながらお茶をいただく。

「そうそう、ヘンリーもルーファス様についてスタン領に行ってるのよ」

「ヘンリー様が？　……なんで？　騎士団のお仕事は？」

「ヘンリーはただの騎士団の新人、重要人物でもなんでもないからそれほど行動は縛られないもの」

「騎士団では新人だけど、ヘンリー様は伯爵令息じゃない。危険かもしれない場所へ自ら行くなんて」

　新人騎士は大勢いるけれど、コックス家の子は一人で、ヘンリー様の替えなどいない。

「騎士団長が勉強になるだろうと言って下っ端護衛の一人として許可したの。別にヘンリーの力を過信してるわけじゃないけれど、そこそこお役に立てる腕は持ってるからピアは心配しないでいいわ。もちろん一人ではないし、噂に聞く凄腕のスタン兵が周辺を固めていて、正直出番なんてないと思う」

　エリンはそう言ってくすっと笑ったけれど、ヘンリー様を真っすぐに信じているのだと伝わった。

「それにね、ヘンリーはあの国のせいで散々な目に遭ったでしょう？　その元凶を自分の目で見たいって。ぶん殴る機会があればいいのになーって言ってた」

「そっか……」

〈マジキャロ〉事件ではたくさんの人が被害に遭い、悲しい思いをしたけれど、毒を盛られ心身の自由を奪われた、直接の最悪の被害者はフィリップ殿下とガイ博士とヘンリー様なのだ。

　もし許しが出れば、敵と自国がテーブルの上で戦うのをこの目で見たい、加勢したいと思うのは自然なことかもしれない。

「だからね、ルーファス様がこれまでヘンリーを助けてくれたように、今度はヘンリーがルーファス様をお守りするわ。ピア、安心して」

　ルーファス様の友人たちへの陰の尽力を、ちゃんと気がついてもらえていた。胸がじんわりと温かくなる。

「……二人揃ったならば、無敵だね」

「ええ、なんやかんや言いながら、幼い頃から二人の息はぴったりなのよ」

　エリンはそう言って、懐かしそうな顔をした。

「……綺麗さっぱり決着がついたら、エリンの結婚式だね。準備は進んでる？　ドレスのデザインは決まった？」

　私のウエディングドレスはお義母様とルーファス様が準備してくれた――いいんだ、センスがないのはわかってるし、結果ため息の出るほど素晴らしいものだったから――けれど、ヘンリー様がドレスを手配するのは想像できない。

「それがね、私の母はあてにならないし、ヘンリーのお母様も亡くなってるでしょう？

いつも利用しているテーラーに花嫁衣裳を作れるところを紹介してもらおうと思っていたら、先日スタン侯爵夫人が紹介状をくださったの。ピアのドレスを作った工房の」

「お義母様が？」

「ええ、以前ルーファス様に夫人との面会をお願いしていたでしょう？　きっと今回のことで夫人もお忙しくしてらっしゃるんだと思うわ。『当分時間が作れなくてごめんなさい』という丁寧なお返事と一緒に、会えないうちにドレスの準備をなさったら、って」

さすがお義母様、細やかな気配りの達人なうえに弱き者や若者にお優しいのだ。強い者には容赦ないところもかっこいいけれど。

「紹介していただいた工房を早速招いたら、とっても感じの良い人たちで、技術も伝統的なものから最新のものまで精通していて——当たり前よね、侯爵夫人が贔屓にしている店だもの。今、私の希望をもとに、デザインに起こしてもらってるところ」

「どんなデザインにしたの？」

化石オタクであれど、美しいものを見るのは大好きだ。わくわくしながら聞いてみる。

「内緒に決まってるじゃない！　式当日のお楽しみよ。そうそう、デザートはうちのフルーツでカイルさんに頼もうと思っているけれど、スタン侯爵家御用達でしょう？　許可出せる？」

「一応ルーファス様に伝えるけど、絶対問題ないよ。よっぽどのことがない限り、カイルの商売に口を出したりしないから。そもそもカイルとエリンは御用達前からウィンウィンの間柄でしょう」

「よかった。きっとそう言ってくれると思ってたけど、筋を通さないとね。そういえば、パスマがね、これまでよりも一割安くフルーツを卸してくれるようになったのよ。ピアがうちが大事にマレダリを育てていると宣伝してくれたおかげね。ありがとうございます」

美味しいもので国が結ばれるって最高だ。

「よかったね。エリンの結婚式はパスマのフルーツを使ったスイーツもたくさん並びそう」

「楽しみにしててね」

「もっちろん！」

夏のエリンとヘンリー様の結婚式、全ての問題が片付いてなんの憂いもなく王都を空けられるようになり、ルーファス様と二人でコックス領に赴き、全力でお祝いしたいなあと、心から思った。

予定では、今頃お義父様とルーファス様はメリークと和平交渉のテーブルについている

はずだ。

既に余裕などない状況で新毒を開発していた毒工場が燃え、失意の中にある皇帝を叩くなら、今を置いてほかにない。

もうメリークにこれといったカードはないはずだ。さっさと負けを認めたほうが我が国だけでなく、諸外国の印象を悪くせず、最大限の支援を得られると思うのだが。

もしあちらが強情になれば、お義父様は本気で潰しにかかる気がする。お義父様は私にはひたすらお優しいけれど、優しい宰相など世界中どこを探しても存在するわけがない。

どちらにしろ交渉自体はそう長くかからない。十日かからずにルーファス様は帰ってくるだろう。もうすぐ会える……会いたい。

真冬に戻ったような暗く低い雲を眺めながら、集中力なくそんなことを考えていると、

「ピア様、チェックをお願いします」

と穏やかに声をかけられ、我に返る。

「ごめん、ぼーっとしていたみたい」

そう言いながら、アンジェラから原本の地図と、彼女が模写した地図を受け取った。

今日も私は朝からいつもどおり研究室に出勤している。最強護衛マイクがルーファス様とスタン領に行っているので、その間研究室はルーファス様の指示で、ビルとメアリ、同伴二人態勢だ。

そしてアンジェラも私の出勤を確認ののちバイトにやってきた。卒業を間近に控え既に授業はないため、都合が合えばここで朝から夕方まで地図を模写している。

手元の地図を見れば、もう私が手を入れる箇所はほとんどない。数を重ねたアンジェラの仕事は少し時間がかかるけれどその分丁寧だ。

お給料は時給制ではなく歩合制なので、一枚に時間を割いていると儲けは少なくなる。でも、私のチェック後の直しの時間は短くなるし、やがてアンジェラ指名の客も出てくるに違いない。そうなれば、他の職人より一歩前に出ることになり、一枚あたりの単価も上がるだろう。

「アンジェラ、よくできてる。サイン入れていいよ。私のチェック済みの判も捺すから」

「やった！　一発合格！　今日はもう一枚描く時間がありそう」

「どんどん進めていいよ。途中で終わっても構わないからね」

ペースを上げるところを見れば、お金はやはり必要なのだろう。

メアリが次の地図とまっさらな用紙を「どうぞ」とアンジェラに差し出す。メアリは研究室でも有能だった。

「そういえばピア様、ちょっといいニュースです」

「なになに」

アンジェラの持ち込む話題は、たいてい深刻ではなく愉快なものだから大歓迎だ。

「数学の今年度の最後のテスト、この三年間ずっと上位を保っていたケイレブさんが『解答欄一マス全部ずれて書いちゃった～』と嘆いていたそうです」

ケイレブさんとはアンジェラの同級生の秀才と名高い男爵令息だ。

「それはアンジェラがトップになる可能性が出てきたねえ……。でも、人の不幸を喜ぶのもどうかなあ」

するとアンジェラが口を尖らせた。

「どうせ私は浅ましい女です。だって私は人生がかかってるんですから！　人の失敗もついラッキーと思っちゃいます。ケイレブさんは王都の大店に好待遇で就職が決まってるから、私ほど切羽詰まってませんし」

アンジェラがもし就職したいのならば、私は喜んで測量ギルドやその大本の地質調査ギルドに推薦する。でも、それをこちらから言い出すと、ガイ博士とご褒美デートからの結婚への道を否定するようで悩ましい。

そもそも結婚したら、貴族夫人は嫁ぎ先の運営管理を担うパターンが多いから、外に仕事を持つことは一般的ではないのだ。私は理解あるスタン侯爵家のおかげで、研究を続けていられるけれど。

しかし、ガイ博士とのデートの可能性がなくなれば、早速働く必要があるだろうし……数学の順位が出るまでは、私の胃もキリキリ痛む。すっかり大好きになったアンジェラに、これ以上辛い思いをしてほしくない。

そんなことを考えながら、アンジェラの作業を見守っていると、研究室のドアがノックされた。ビルが応対に出て、戸惑った顔をして戻ってきた。

「ピア様、アンジェラ様、その……妹君のマレーナ様が、研究棟の玄関で騒いでいるので、すぐに来てほしいと……」

「……何それ。ありえないわ。なんでマレーナがここで騒ぐのよ」

何もかもが不自然で、私は首を傾げる。

「私もマレーナ様とは新年の採掘で一緒でしたからおかしいと思います。とても落ち着いた可愛いお嬢ちゃんだった」

ビルもかぶりを振りながらそう言った。

「そもそもどうやってこのアカデミーの研究棟まで子どもが来られたというの？　マレーナにはここまでの足もないし、アカデミーの場所すら知らないわ！」

アンジェラの声が次第に震えだす。

嫌な予感しかしない。心臓がバクバクと鳴る。

「……下に行きましょう。ビルはアンジェラに、メアリは私についてくれる？」

「「かしこまりました」」

小走りで階下に降りて、研究棟の玄関の外に出ると、話と違い、雪交じりの冷たい風が吹くだけでそこには誰もいなかった。私の前を行くビルが、なじみの守衛に声をかける。

「すまん、呼ばれて駆けつけたのだがどうなっている？」

「それが、先ほどここで十歳前後の少女が急に大声で騒ぎだし、何事かと思えばそばにいた紳士が、『少女はスタン博士のお身内だから呼ぶように。それまでは私が彼女を預かります』と言って、対のユニコーンの紋章を見せて少女を抱き上げ建物の裏手に回られました。きちんとしたご身分の方でしたので、そのまま見送りまして……」

対のユニコーン――ベアード子爵家だ。私たちは顔を見合わせた。

「どういうこと？　なぜここでベアード子爵が絡んでくるの？　アンジェラ、念のために聞くけれど、ルッツ子爵家はベアード子爵とお付き合いがあるの？」

「ありませんっ！　元伯爵家でお金持ちのベアード家はこれまでうちなんて歯牙にもかけませんでしたからっ！」

「明らかにおかしい……追いかけましょう」

私たちは守衛の指差す方向に走りだした。その様子を見て守衛も数人ついてくる。

研究棟の裏手に回ると、普段人の寄りつかない壊れた研究器具の廃棄場所の横に、紋章なしの茶色い馬車が一台、ひっそりと停まっていた。

駆け寄ろうとするアンジェラを押しとどめ、ビルの後ろから警戒しつつ近づくと、待ち構えていたように馬車の扉が開き、おしゃれな旅支度をした、マリウス・ベアード子爵が降りてきた。

そして彼の左腕には、まるで荷物のように部屋着姿の少女が抱えられている。

――この深紅の髪色、間違いなくマレーナだ！　そしてマレーナは聞いていたように騒いでなどおらず、なぜかぐったりと目を閉じ、意識のない状態だった。

「マレーナ――!!」

アンジェラの悲鳴が響き渡り、胸をえぐる。

一体何が起こっているのかわからない。なぜ、マリウスがここにいるのか？　なぜマレーナと一緒なのか？　確か、マリウスには国の監視がつき、怪しい行動はできないはずなのに……まさか撒かれたの？

マレーナはなぜこのような状態なの？　春が近いとはいえまだ寒いのにあんな薄着で、明らかに様子のおかしい少女を、マリウスはなぜこうもぞんざいに扱えるの？　許せない！

落ち着け、落ち着け私、と自分に言い聞かせる。ひとまずマリウスを刺激しないようにしなければ。この場で子爵家当主であるマリウスに問いただすことができる立場にあるのは、侯爵家の人間である私だけなのだ。

怯えている場合ではない。マレーナをアンジェラのもとに戻さなければ。マレーナの様子を見るに、一刻を争う。お腹にグッと力を入れ、顎を上げた。

「ベアード子爵。これは一体なんの騒ぎですか？　その子はここにいる私の大事な助手の妹。つまり私の縁者です。早くこちらにお渡しくださいませ」

できるだけ抑揚をつけず、感情を入れず語りかける。

「ああ、ピア様、やっと会えたねえ。『キツネ狩り』以来全然パーティーにも出てこないし、君たちの屋敷もここも警備がうるさくて嫌になってたよ。でも君が可愛がっているこの子を使えば、私の前に出てきてくれると思ったんだ」

……私をおびき出すために、マレーナを囮にしたの？　愕然とし、申し訳なさに膝をつきそうになるところをぐっと堪え、会話を続ける努力をする。

「私には話すことなどないのですが、いかような要件ですか？　もう私が出てきたのだからいいでしょう？　マレーナをこちらへ」

すると、なぜかマリウスは楽しそうに笑った。

「ピア様、この子にね、修道院で盗んだ〈マジックパウダー〉をさっき飲ませたんだ」

「え？」

……一瞬、脳が働くのを止めた。

「クッキーに混ぜるなんて面倒なことをせず、そのまま粉薬のように飲ませたよ。この小さな体にどんな影響が出るだろうね⁉　研究者として興味をそそられるのではないか

な？」

「が、学長を呼んで！」

もう平静でなどいられない！　私は大声で叫んだ。早く！　早く解毒剤を飲ませなければ‼　一緒にいた守衛が慌てて駆けだした。

「うーん、学長を呼んでも間に合うかなあ。今から調剤してもねえ」

「ベアード子爵……なんなのですか？　こんな幼い子を苦しめて！　何が目的ですか？」

「うん、私も非常に心苦しい。だからここに、本家メリーク帝国が作った完璧な解毒剤があるよ。子どもとコレ、一緒に返そうか？」

ついつい興奮する私と対照的に、マリウスは極めて貴族らしい微笑みを崩さず、胸元から小瓶を取り出して、楽しげに左右に振ってみせた。乳白色の液体がたぷたぷと揺れる。

「……条件は？」

「もちろんピア様だよ」

「私？」

「そう、この子を助けてほしかったら、ピア様が私のもとに来て？」

背筋に悪寒が走った。まさか私を、私を拉致するためにキャロラインを襲って〈マジックパウダー〉を奪い、なんの罪もない少女に毒を盛ったの？　自分の腕の中でみるみるうちにぐったりとしていっている少女になんとも思わないの？

たった今、私はこの男を心底軽蔑した。

時間がない。私は視線をビルに送り決意を示す。可愛い大好きな私の小さな同志マレーナを、マリウスの毒で失うなんてあってはならない。

さらに……国の宝である幼子を守れなくて、将来侯爵夫人なんて名乗れるものか！

私には先日ルーファス様が教えてくれたスタン家の影がきっとついているから、どこに連れ去られても大丈夫。私が人質になる。

ビルの顔は苦渋に満ちていたけれど、反対しなかった。

制服越しに胸のエメラルドをぎゅっと握り、気持ちを静める。このルーファス様が着けてくれた〈妖精の涙〉がきっと、慎重に務めを果たす手助けをしてくれる。

私は覚悟を決めて一歩前に出た。

「わかりました。私が子爵と参ります。すぐにマレーナをこちらへ」

「ピア様が先だよ」

「……子爵が紳士であることを、信じております」

私は一つ深呼吸をして、嗚咽するアンジェラの手をぎゅっと握った。

「マレーナのためにしゃんとして！　絶対に助けるから」

「ピアさま……」

私はアンジェラに小さく頷くと、顔を上げビルとメアリを従えて、マリウスのもとに歩いた。私が彼の前に立つと、マリウスは嬉しそうに笑い、私の手首を摑んだ。

「子爵、マレーナをうちの者に預けてください」

「いいよ。もう用済みだ」

ベアードは私の手を放すことなくマレーナをビルに渡した。

「子どもを抱いて、先ほどの位置まで戻れ。でないと薬は渡せない」

ビルが小さく舌打ちして、走って元いた場所に戻り、マレーナをアンジェラに渡した。

「マレーナ！　マレーナ！　マレーナ――！」

「子爵、早く薬を！」

「わかってるって。そんなに急いでいるのなら、ピア様自らうちの馬車に乗り込んで」

従うしかない。私が俯き下唇を噛んで、歩き出そうとすると、メアリが口を挟んだ。

「ベアード子爵様、その馬車に女性はおりますでしょうか？」

メアリの声が震えている。驚いて振り向くとメアリは目に涙を溜め、スカートをぎゅっと握り込んでいた。まるで非力な乙女のように。

「いないけど、どうして？」

「恐れながらピア様は甘やかされて育ち、ご自身では何もできないお方です。私を連れていかなければ、目的地に着くまでに体調を崩してしまわれるでしょう」

「確かにピア様は箱入りのお嬢様だよね……スタンの悪辣さを知らずに育ったくらいだ

もの。虚弱とも聞くし」

　マリウスが顎に人差し指をつけて思案する。

「それに、婚姻していない男女に同席者がいないことも外聞が悪いです。子爵様は高潔でいらっしゃるから、ピア様の評判を貶めるような真似はなさらないでしょう？　是非、この私を子爵様の信頼する侍女が現れるまででいいのでお連れくださいませ」

「……いいよ。君の言い分ももっともだ。旅は長いからピア様には少しでも快適に過ごしてほしいからね」

　メアリがうまくマリウスを丸め込んだ。その手管に呆然としていると、彼がまた私に微笑みかけてきた。私は慌てて頭を下げる。

「寛大なお計らい、ありがとうございます」

「大事な未来の妻のためだからね。当然だ。さあ乗って」

　私とメアリは逆らわずに彼の馬車に乗り込んだ。すると、マリウスは満足そうに頷いて、先ほどの小瓶を後ろに放り投げた。

「私を追いかける暇があったら、早く飲ませたほうがいいよ。では出発しよう」

　名残の雪が舞い散る中、馬車はアカデミー構内を非常識なスピードで走り抜けた。

第六章　マリウス・ベアード子爵

覚悟してマリウスに拉致され、馬車に乗り込んだわけだが、思いのほか快適な旅だった。マリウスは私とメアリを隣り合って座らせ、自分はその正面に座り、ニコニコと上機嫌に微笑みかけてくる。

最初の休憩でアカデミーの制服と白衣から、マリウスの用意していた水色の一流品のドレスに着替えさせられた。趣味はいいなと思っていると、メアリに髪を結われながらドレスがマリウスの瞳の色だと指摘され、ぞっとした。

そのドレスに合わせた帽子や、パラソル、キラキラと光に反射するヒールの高い靴も準備されていた。この細やかなところが、貴族女性に人気があり、パーティーに招かれていた理由かもしれない。

メガネは常に身に着けている。何一つ見逃さないように。

食べ物や飲み物はふんだんにあり、お手洗い休憩も声をかけてくれる。どうやら私は本当に大事に思われているらしい。

私とメアリ女二人組にできることなどないと思っているのか、気さくに話しかけてくる。

メアリが自分よりも有能だなんて思いつきもしないから、帯同を認めたのだろう。

メアリがたまにブルブルと震えているのは、おそらく演技だ。なぜそうわかるかというと、恐怖や緊張のあまり、私が弱気になって泣きそうになる寸前で、私の手をぎゅっと握ってくれるからだ。それで私は冷静になれる。

ここが踏ん張り時だ。泣き叫ぶのではなく、マリウスと一緒にいてそのマリウスが油断しているこの瞬間を活かさなければ！　私はやがてスタン領の女主人になるのだから。

とりあえず彼の発言を聞き漏らさないようにしよう。重要な証言となるかもしれない。必ずルーファス様に伝える日が来る。


「つまりね、アージュベールはいよいよ栄えあるメリーク帝国の属国に成り果てるんだ。巷では劣勢と言われているけれど、メリークには素晴らしい毒があってね。それをばらまくと言えばいくら賢王と称えられるジョン王であっても玉座を降りざるをえない」

毒による脅し、これがいわゆるメリークの「とっておきの作戦」なのだろう。アージュベールの国民でありながら、属国になることを心待ちにしているなんて、間違いだらけだ。

「今はその歴史的な会議中だ。アージュベールが抵抗した場合は、私は躊躇なく王都に毒を撒くよ。どこでばらまくのが最も効率的か、きちんと計算済みだ。小賢しくも私に見張りなんかつけて……くそっ！　思い知らせてやる。だから君を連れ出したんだ。愛する君を王都に残して苦しめたくないからね。安全な場所にいてほしかった。でもちょっと強引だった。ごめんね」

毒を撒く……その言葉に心臓が凍りついた。そんな恐ろしいことを口にするなんて。でもそんな人だからこそ、可愛いマレーナに毒を飲ませても平然としていられるのだ。

そして愛する君と言われた。眩暈がしそうだけれど、もしそれが本当ならある程度私には対応が甘く、きわどい質問以外なら答えてくれるかもしれない。

「あの、毒って、先ほどマレーナに飲ませたものですか?」

「いや、最新のものだ。〈マジックパウダー〉は粉だから空気中に散布できないだろう。今回開発されたものは揮発性が高い、素晴らしいものなんだ。交渉結果次第でその新毒を待ち合わせ場所で受け取り、私は王都に引き返すことになっている」

毒の素晴らしさを誇らしげに語るマリウスには虫唾が走るけれど、それは置いておくとして、どうやらその特徴からジェレミーが盗んだものに間違いなさそうだ。

自慢の毒は先日の火事により製造器具ごと焼失(ということになっている)したことくらい、マリウスも知っているはずだ。新聞にも載ったのだから。しかし毒工場がおじゃんになっても、まだそこで作られた毒が自分の手に渡ると思っている……。

マリウスは調合法さえ手元にあれば、簡単に作れると信じているのかもしれない。彼にとってはメリークの連絡係の情報が全てだ。心酔しているメリークが新毒を渡すと言っているのであれば疑う理由はなく、その先の自分の役割を成し遂げることに意識は集中……といったところだろうか。

とにかくマリウスにとって下等なアージュベールが、あれこれメリークで工作していることなど、露ほども勘づいていないようだ。

「そうして属国になったのちには、私は伯爵に返り咲くんだ。メリークのね。だからピアに心労をかけることはないから安心して。そして領地は現スタン領一帯を賜ることになっている。ピアを手に入れ、代々因縁のあるスタンの名を地図から消す日ももうすぐ目の前。あー、愉快でたまらないよ」

さりげなく呼び捨てにされて、マリウスの所有物になってしまった。

「あ、あの、つまり、これからメリーク帝国に向かうということですね？」

監視がいるのを知りながら、このような非道な行動を取ったということは、彼はもうアージュベールと決別したのだろう。

「そうだよ。ピアをメリークに連れ帰れば、私は伯爵位のみならず国の重職が確約されている。宰相補佐なんて目じゃないよ」

随分とルーファス様にコンプレックスを持っている。私を手に入れたいのもルーファス様への当てつけだろうか？

それにしてもメリークの重職が確約？　常識的に考えて、一度国を裏切った過去のあるなどと考えつつ視線を上げると、マリウスに見つめられていた。

日和見な人物を、メリークであれ重職に就けるわけがないと思うのだけれど。

「はい？」

「ピア、なんだか順序が逆になってしまったけれど、愛しているよ。政略であんな男と結婚させられて本当に辛かったね。でももう大丈夫だからね。メリークに行ったらたくさん好きなものをプレゼントするから楽しみに考えておくといい。そうだ！　あの、記念すべき再会の日のように観劇にも行こう。もう少し宝飾性のあるメガネも欲しいよね。ピアに相応しいのは私だ」

この様子では、本当に私とルーファス様は政略結婚で不仲だと思い込んでいたようだ。本気で気の毒に思ってあちこちで言い触らしていたというのが、私たちの不名誉な噂の真相ということ？

そして……告白されてしまった。マレーナを殺人未遂してまで手に入れようとするほど私が好きらしい。なぜ？　会話らしい会話など、最初に会った劇場——間違いなくあの日が初対面のはず——から数えてほんの数回だ。大いに戸惑う。

「あの、子爵と私、これまで接点はなかったでしょう？　測量の技術を評価してくださるのはわかるのですが、なぜこのように私を結婚したいと思うほどに必要とされるのでしょう？　全く見当がつきません」

「やっぱり一目惚れだよ。あの劇場で」

そうウットリした表情でマリウスは言うが、あの時の私は一連の辛い出来事の最中で、一目惚れされるほど可愛らしい表情などしていなかったと断言できる。

「だとしても、生まれた国を捨てるほどですか？」

「うーん……以前好きだった人と似てると言ったら納得してもらえるかな？　その時は、自分の想いに気がついた時には彼女は既に儚くなっていて手遅れだった。もし次があったら絶対に逃がさないと決めていた。そしてピアに出会った。運命だろう？」

「まあ……」

どうしよう、全く理解できない。それどころかちょっと気持ち悪い。

つい支えてほしくてスカートの陰からメアリに手を伸ばす。メアリがぎゅっと握り返してくれたので、もうしばらくならこの事情聴取、頑張れそうだ。

「で、でも、私のことを好きだとおっしゃりながらも、イリマ王女に毒を盗ませ、それを私に飲ませて殺そうとしたでしょう？」

「ああ、あれ？　〈マジックパウダー〉はある程度の量を一気に飲むと、体が拒絶反応を起こし一定時間暴れたあと、じわじわと仮死状態になる。さっきの子どももその寸前だっただろう？　そんなピアを貰い受け、さっきも渡したメリークの解毒剤で治療するつもりだったんだ」

あっさりと、前回のキャロライン襲撃の黒幕であることも認めた。私に〈マジックパウダー〉を飲ませようとしたことにも、悪びれもせず、優雅に脚を組み微笑んでいる。

「そんな危険なものを、幼いマレーナに飲ませるなんて残酷です」

「もちろん優しいピアが助けるとわかっていたからね。大丈夫！」

……この人の思考回路は常人と全く違う。先ほどまでは拉致されているというこの状況が恐ろしかったけれど、今ではこの男の不気味さに、平静を保つことが難しい。

「先日の……油の自噴現場の……メリークの突入も、子爵がお手伝いされたのですか？」

「よく知ってるね？　ひょっとしてピアが調査に入ったの？　さすがだね。落ち着いたら詳細を教えて。全く、せっかく手引きしてやったのにすぐ捕まって情けない……もっと精鋭の部隊を送ってほしかったよ」

思ったとおり、内通者はこの男だった。

「あの、キャロラインのことや彼女の持ち物のこと、随分詳しくご存じでしたが、親しい間柄だったのですか？」

「ピア、ひょっとして嫉妬してくれてるの？　ふふっ、照れ臭いなあ。安心して、ラムゼー男爵家は我がベアードの駒でしかなかったから」

頬を赤く染めて恥じらうマリウスに、頬を引きつらせて微笑み返す。

「全く、父は判断が遅くってね。キャロラインが警備の頑強な場所に移る前に、男爵のように殺しておくべきだったんだ。そうしていれば、あの女がべらべらとしゃべって、計画が破綻することもなかったのに」

胸がキュッと締めつけられる。ああ……男爵は自死ではなかったのだ……。

「……なるほど、由緒あるベアード家は国内でメリーク帝国に連なる中では最も上の立場だったということですね。ローレン医療師団長たちも、子爵の言う駒だったのですか？」

実情はわからないが、とりあえず持ち上げて、聞ける話は全て聞こう。

「いや、数年前にメリークに紹介され、必要に応じて協力するように言われただけだ。日常的な付き合いはなかった。それにしても捕まるなんて、彼らも下手をうったものだ」

マリウスは脚を組みなおし、なんの感慨もなさそうにそう言った。

やはりローレン一家とは指示系統が違う、ビジネスライクな関係だったようだ。だからこそ、ジェレミーが寝返ったことを知らないのだろう。

「あの、私をメリークに連れていくとおっしゃいましたが、メリークで私はどうすればよいのでしょう」

「そうだね……まずはメリークの詳細な地図を作るべきだろうね。そして新たな鉱床をなんとしてでも発見しなければならない。それと並行して、アージュベールの最新の地図を思い出して描いてもらおう。忙しくなるね」

なぜ私がマリウスの言いなりになると思っているのだろう？　言うことを聞かなければ、

また今回のように脅迫するつもりなのだろうか？

　そして詳細な地図を作るべき……随分と簡単に言ってくれる。地図なんて現地で測量しなければ描くことなどできず、極寒のメリーク全土を巡るなんて何年かかるかわからないのに。

　そんな私の労力をよそに、彼は私を連れ帰り、働かせることだけで伯爵になれるらしい。

「そのように大変なこと、私にできるかしら……」

「ピアの論文を読んで、皇帝陛下も期待を寄せているんだ。頑張ろうね。ピアはなんと『資源発見器』と呼ばれているんだ。きっと大事にしてもらえるよ」

　ちっとも嬉しくないあだ名だ。マリウスとは何もかも決定的に交わらない。

　質問すればするほど気分が悪くなったが、上機嫌で答えてくれたことはラッキーだった。

　他に聞いておくべきことはないだろうか？　数秒目を閉じて考えていると、ここまで無言を通したメアリが口を挟んだ。

「ピア様、日課のお昼寝の時間です。無理はなりません。子爵様もピア様を大切に思ってらっしゃるならば、健康であることを一番に考えられるでしょう？　できる限りいつもどおり過ごさせてもらって構わないでしょうか？」

「ピア、その歳でまだお昼寝するの？　可愛いね。そうか、体が弱いから医療師から指示されているのかな？　いいよ、おやすみ」

「えっと……」

「ピア様、ゆっくりお休みください。いつもどおり私がおそばでお守りしますのでご安心を」

メアリはそう言って、目を合わせて頷いた。

「メアリ……」

緊張が切れ、一気に疲労が押し寄せる。守ってくれるというメアリに全てを任せ、私は抗わずに目を閉じた。メアリ、ありがとう。

瞼の裏にルーファス様がお義父様と一緒に会議に挑んでいる姿が浮かぶ。そっと〈妖精の涙〉を摑む。ルーファス様が頑張っている。私もまだ頑張れる。ルーファス様……。

私の虚弱設定を思い出してから、マリウスは私をさらに気づかうようになった。

馬を替えるために街に寄る際、さすがに馬車を降ろしてくれることはなかったが、女性の好きそうなお菓子などを調達してくれて、景色の良い場所で休憩を取った。この計画が成功すると、絶対的な自信があるのだろう。

三日目に見慣れた雪山が見えてきた。母なるルスナン山脈——スタン領だ！

よくよく考えればメリークと隣接しているのはほぼスタン領で、スタン領を越えてメリークに入るのは当たり前だった。

それにしてもスタン領の領境の警備は厳しいのだが、主な道路から外れているとはいえこんなにやすやすと侵入できるものだろうか？　もしや偽地図を作った時のように、敢えて警備に穴を作った？　誘い込むために。

そうだったらいい。スタン侯爵家の意思を感じることで私の心は軽くなる。

「あのう、私を連れて堂々と国境の検問所からメリークに出国するのですか？」

「正しくは出国ではないね。やがてここもメリークになるのだから。それに閣下と一緒だから問題ない。私の妻であれば検問など無意味だ」

つまり、スタン領北東の、正規の国境検問所に向かっているということだ。

そのすぐそばに、ルーファス様はいる。

その後の森でのお手洗い休憩で、メアリが小声で囁きかけてきた。私は振り返ることなく歩く速度を落とす。

「ピア様、ご存じのとおりスタン領に入りました。四方我々の兵が取り囲み、いつでも救出できる状態です。ピア様も私も従順な態度でおりましたので、逃げるとは夢にも思っていないでしょう」

それを聞いて、どっと力が抜けた。よかった……。

しかしここまでマリウスの不快な旅に付き合ったのだ。口頭の証言だけでなく、何か確かな、マリウスに罪を問える材料が欲しい。あの男は……大事なマレーナを殺しかけたのだ。

「マリウスは『閣下と共に出国する』と言っていた。せっかくここまで信用させてきたんだもの。メリークの誰と連携しているのか、国境でその閣下という人物を見届けたほうがいいんじゃないの？　そうすれば密出国の現行犯で捕らえることもできるわ」

「ピア様、あの少女を助けただけで十分お働きになりました。無理をなさらなくてもよいのです」

メアリには当然、私がこの数日震えながら生きていることはバレている。

でも、まだ私は頑張れる！　ここはお義父様とルーファス様が治めるスタン領だ。姿を現さないけれど、たった今もスタンの皆に守られていることがわかった。絶対に大丈夫だと信じられる。

「……私はこの件でマリウス・ベアードの罪を言い逃れできないほどはっきりさせ、これまでの罪と共に裁かれる足がかりを作りたい。この一連の事件全ての憂いをなくしてルーファス様と、スタン侯爵家の役に立ちたいの」

それがひいては国の安寧に繋がると、信じている。

「わかりました。そこまでの覚悟がおありならばもうお止めしません。ではスタン侯爵家にとって完璧な場所と時で作戦を立てるよう、伝令を出します。これからはいかなる時も私の前に出ないようにしてください」

「うん、わかった」

「ピア様……いえ若奥様、ご立派です」

急にメアリに褒められて、とても照れ臭かった。


馬車に戻り、旅に終わりが近づいたことを受けて、あと少しマリウスに水を向ける。

「私に紹介してくださる閣下ってどなたですか？」

「閣下ね、お会いしたらびっくりするよ？　ゾーヤ皇女なんておばさん、霞んでしまうほどにね。両国の会議後、メリークの要人たちと落ち合ってメリークに入る」

皇女を霞ませるほど素晴らしい政治家なんて、かの国にいただろうか？

「彼らと合流したらひと安心だ。もし、話が決裂していたら、例の仕事をするために自分はもう一度アージュベール王都に戻らなければいけないけれど、ピアはメリークでゆっくり待っていればいい」

「……そうですか」

毒を撒く計画に相変わらず躊躇ない様子のこの男に悪態をつきたいのを我慢し、窓の向こうに視線をやった。

　するとマリウスが突然腕を伸ばし、私の首に手をかけた。まさか殺されるっ⁉　と身を固くして息を呑むと、うなじをつーっと触れられただけで、彼は私から離れた。

　一体なんだったのか、訝しんでいたら、彼の手の中に……鮮やかなグリーンの光を放つ〈妖精の涙〉が……。

「こんなもの、もういらないよね」

　マリウスは馬車の窓を開け、代々の女主人が受け継いできたスタン家の家宝を外に投げた。

「あ……」

　取り乱し、叫びそうになるのを、メアリがぎゅっと手を握って止めた。

「メリークに着いたら、最高のサファイアネックレスを贈るよ」

「そう……ですか」

　精一杯そう言って、唇の震えを見られないように再び車窓に視線を戻すと、マリウスの満足げな笑い声が聞こえた。

　翌日、まだ雪の残る寒空の下、国境の検問所に到着した。

　森を切り開いた検問所は人気なく閑散としていた。四年前測量で訪れた時は、両国間は既に冷え込んでいたとはいえ、少し行列ができるくらいは人の出入りがあり、何より少なくない警備兵があちこちに立ち、巡回していた。

しかし、マリウスはここに来るのは初めてのはず。これまで政敵であるベアードをスタン領の要の一つであるこの場所に、ノーチェックで通すわけがないのだから。

今日の様子が常と違うことはわかっていないだろう。

「おかしいな、ここで落ち合うことになっているのに。ちゃんと時間も調整してきた」

マリウスがユニコーンを宝石で装飾した懐中時計を見ながら首をひねる。

うちの影たちが今からどういう計画で動くつもりなのかわからないけれど、この男が馬車の中にいては手が出せないことはわかる。

「子爵、ここでどのくらい待つのでしょうか？　正直なところ……とても寒いのですが」

さりげなく外の様子を見るように誘導を図る。

「そうだよね。このあたりはまだ雪も残ってるし。ちょっと待ってて」

紳士を自認するマリウスが馬車を降り、囲んでいた彼の護衛兵と共に少し歩き、腕を組む。

メアリが少し窓を開けたので外の様子が聞こえるようになってよかった……と思っていたら、彼女は窓から指を出し、何かサインを送った。

「いないな。会議が長引いているのだろうか？　おい、数名を残して街道まで様子を見に行ってくれ」

「「はい」」

馬車周りの護衛の陣形が崩れ、半分ほどの馬が走りだした途端、ビュッと風を切る音が複数回あり、馬と人が次々と倒れた。

メガネを掛けなおしてよく見ると、倒れた者たちには矢が数本刺さっていた。

いよいよ……なんらかの作戦が始まったのだ！

「メアリ！」

「はい。あと少しご辛抱ください」

おどおどと頷いて、再び窓の外を見れば、常日頃マイクで見慣れた軍服姿のスタン兵と、真っ黒なマントに顔まで黒い覆面をしたおそらく――影が、ぐるりと周りを取り囲んでいた。

マリウスを隠すように立つ護衛は今や五人しかいない。圧倒的な人数差だ。それに少しホッとしていると、国境の城壁そばのスタン兵の一角が割れた。

「貴様ら親子の使いっぱしりだった君の従兄弟と、君の崇める皇弟殿下たちは、どれだけ待とうが現れないよ」

冷えきった声と共に現れたのは、黒の軍服姿のルーファス様だった。足を開き、腕を組み、ベアードを睨みつける。

「スタン、なぜここに！」

マリウスが歯ぎしりしながら睨み返した。

「おかしなことを。ここはそもそも私の土地だ。貴様こそ誰の許しを得てこの地に踏み入れた？」

「………………」

ルーファス様、周囲が凍りつきそうなほど冷たい声色だけど、お元気そうだ……よかった。ほんの数日離れていただけなのに、その姿を見るだけで、少し涙がにじんでしまう。

「和平協議の結果、メリーク帝国の皇帝陛下は非常に協力的にゾーヤ皇女殿下に皇位を譲ることに同意されたよ」

「ばかな！　陛下は最近弱腰になっていたが、そんなこと皇弟閣下が許すわけがない！閣下はどこだ⁉」

「皇弟殿下ならば往生際悪く暴れられたから、少しお休みいただいている。だからここに来ることはない」

二人の話から改めて整理すると、メリーク帝国の内政に失敗し、戦争によって解決しようとしていた現皇帝には、さらに好戦的な弟——皇弟殿下がいて、その方がベアードの言う閣下——黒幕ということのようだ。

そしてそんな他国との戦争で活路を開こうとする甥たちと距離を置き、隠居していたが、この度担ぎ出された穏健派の重鎮がゾーヤ皇女なのだろう。

　マリウスがルーファス様にあれこれ噛みついているのをハラハラしながら聞いていると、メアリに肩を叩かれた。

「ピア様、この隙に脱出します」

「……はい」

　この隙すらルーファス様が作ってくれているのだと気がつく。でなければ、マリウスの妄言にルーファス様が辛抱強く付き合う義理などないのだから。

　メアリがすばやくドアを開け、馬車の下に飛び降りた。そして私が降りるのを、手を差し伸べて支える。

「マリウスの視界に入るのをできるだけ避けながら、大回りでスタンの陣に参ります。足元は雪解けでぬかるんでおります。その高いヒールで無理に走ってはなりません。確実に早足でいきましょう」

「わかったわ！」

　私はマリウスに着せられた布地の多いドレスを苦労してたくし上げ、ピンヒールをでこぼこな地面に取られないように気をつけながら、懸命に早歩きした。

「くそっ！　失敗したのか！　能無しどもめ！」

「ベアード子爵、メリーク帝国皇弟の供述どおりにこの地にこの時間に現れたことによって、貴様の国家転覆罪が確定した。国を売り、多くの人間を直接的にも間接的にも殺めた余罪も調べはついている。潔く法で裁かれるといい」

「私を裁くだと！　思い上がるのもいいかげんにしろ！　私は諦めんぞ。お前ら、スタンを殺せ！　スタンさえ殺せばこちらの勝ちだ！　二人は私につけ！」

「なっ！」

マリウスの言葉に体が硬直した。ルーファス様にもしものことがあったら、私は、私はっ！

「ピア様、愚者のたわごとです。この数でルーファス様がやられるわけがないのです。ピア様は足を動かして！」

「は、はい！」

メアリの注意に気を取りなおし、そのまま小走りしていると、スタン兵とマリウスの護衛が剣を抜き、戦闘が始まった。

マリウスは配下が戦っている間に一旦引こうと思っているのか、馬車の方向へじりじりと後ずさっている。馬車が空なことがもうすぐバレる。急がなければ！

そう思っているところに、ガキンと音を立て、打ち合いで弾かれた剣がクルクルと回転しながら、運悪くも私のほうに飛んできた。

「ピア様！」

「ピアッ！」

あまりの恐怖で声も出せず、頭を抱えて座り込むと、横の藪から何かが私の前に飛び出して、剣を跳ね飛ばした。

「ワワン！　ワワワン！」

「っ！　ダガー――‼」

私の愛するおじいちゃん犬だった！

「ダガー！　ダガー！　どうして来たの⁉　どこも怪我していない？　大丈夫？」

涙を浮かべつつ、ダガーの全身を確認する。この子はスタン本邸の犬舎で、病気の治療をしていなければならないのに！　素人目にはどこにも傷はなさそうだ。

幼い頃から数えて、この子は一体何度、私を助けてくれているのだろう？　ついぎゅっと抱きしめて頭に頬ずりしていると、この騒ぎで私が馬車から離れたことが見つかってしまった。

「ピアーッ！　どこに行く！　私と一緒に来るんだ！」

マリウスに恐ろしく低い声で唸るように叫ばれた。もはやなんと返事しようが彼を刺激することにしかならない。私は何も言葉を返さず、ダガーと共にメアリに追いつこうと、ヒール靴を脱ぎ捨てて走りだした。

すると、マリウスはみるみるうちに逆上し、腰のナイフを抜いてこちらに襲いかかってきた。ドレスの私は思うように逃げられない。

「ふ、ふふふ、あーっはっはっは！　そうか、私から逃げるのか！　私のものにならないのならば、あの時同様に私に刺されて死ぬがいい！　既に二人？　いや三人殺した。あと一人増えたところでどうってことない」

マリウスの瞳は激情のためにギラギラと不気味に光り、私をすくませた。

「ああ、君の恐怖に震える顔は今も昔も変わらず美しい。血が抜けて真っ白になった死に顔は、大人の女性にもかかわらず純粋無垢そのものだった。警察に捕まらなければ金と一緒に君も持ち帰ったのに！　今回こそ邪魔はさせない！」

マリウスの言葉に脳が刺激される。そして目の前の、瞳を血走らせた男がナイフを振り上げた光景に、前世、襲われた瞬間がフラッシュバックして——唐突に理解した。

マリウスは、あの時の犯人だ!!　あの強盗犯が転生した姿がマリウス・ベアードだ！

「あ……」

絶句して動けない。あの時と同じだ。私は再びこの男に……!!

しかし、同じなのはそこまでだった。私とマリウスの間に一瞬でメアリが、そしてダガーだけでなくブラッドもジャンプして割り込んだ。

「ピア！　伏せろ！」

愛する人の言葉に私は反射的にしゃがみ込む。私に完全にガードがかかった瞬間、正面

から矢が放たれ、マリウスの右ふくらはぎに当たる。

「ううっ！」

刺さった矢を引き抜こうとマリウスが振り向いた瞬間、ルーファス様が剣を抜きながら猛然と走り込み、剣でナイフを薙ぎ払い、落ちたナイフを蹴り飛ばした。

そこへ、なぜかスタンの軍服を纏ったヘンリー様も駆けつけ、丸腰のマリウスに低い位置から潜り込んで投げ飛ばし、四肢を固めて拘束した。

「全員捕らえろっ！」

ルーファス様の号令で、総攻撃がかかった。トップであるマリウスが既に捕まっていることもあり、あっという間に鎮圧された。

どこから取り出したのか、ナイフを手に腰を低くして私の前に立ちふさがっていたメアリが、真っすぐに姿勢を正し、私を抱き起こしてくれた。

立ち上がって、メアリに体重をかけたまま周りを見ればスタンの兵がテキパキとマリウスの一団から武器を没収し、縄で後ろ手に縛り拘束している。

マリウスもヘンリー様が押さえ込んでいるところを、他の兵により手慣れた調子で縛り上げられ、他に武器や……毒を持っていないか？　念入りに身体検査された。

その様子を見つめながら、未だに私の前で唸りながら全方向を威嚇している二匹を「カム」と言って呼び寄せた。

「もう……おじいちゃんなのに無茶ばっかりして……ありがとうダガー、ありがとうブラッド。大好きよ」

かすれた声でそう言うと、二匹とも仔犬の頃と同じく尻尾を振りながら頭を擦りつけてきたので、額から後ろに何度も撫でた。

そこへ状況を確認し終わったルーファス様が速足で戻ってきた。

「ヘンリー、無傷で捕らえてくれて助かった」

「ルーファスはちょっと頭に血がのぼってただろ？　俺は今体術に燃えてるから適役だったんじゃないの～」

そう言ってニカッと笑うヘンリー様を見ながら、そういえば昨年の剣術大会でも剣は温存し足技ばっかりだったことを思い出した。ヘンリー様は騎士団で着実にレベルアップしているようだ。

「……女一人にこれほどまでの兵を動かすとは、そこまでピアを逃がしたくなかったのか？　金のなる木だものなあ」

マリウスが拘束されていながらも、そんな減らず口を叩いて鼻で笑った。

「ピア、スタンなんかにこれほどがんじ絡めにされて、本当に可哀そうだ。私を選ぶんだ。そうしたら、君の欲しいものは全部手に入れ、一生涯最高に愉快な日々を保証しよう」

この人は、まだわかっていないの？　私の気持ちがマリウスになんてないこと、マリウスのもとに私の幸せなんてないこと、私とルーファス様は単純な政略結婚ではないことを。
私は自分の意思で馬車から逃げたのに。

私は安全を確認して、メアリの陰から前に出た。

「私はあなたの言う贅沢など望んでいないし、贅沢のために採掘や測量をしているわけではありません」

結果的に報酬が貰えて、採掘道具の購入やロックウェル領の発展の助けになっているけれど、それは運が良かったに過ぎない。

「化石の発見こそが私の望みで、それを大好きな人に理解され、応援してもらえている今現在が、最高に幸せなのです。私の幸せにとって、あなたは部外者です」

私がマリウスの目を真っすぐ見つめてそう言うと、彼は珍獣でも見るような表情になった。私の理屈が呑み込めないのか？　私がマリウスを好きではないという事実が信じられないのか？

すると、肩がグッと引かれ、十日ぶりのルーファス様に抱き寄せられた。

「自分の選んだ最愛の女を取り返すのに、力の出し惜しみなどするわけがない。そんなこともわからないとは、貴様、バカなのか？」

「なっ……」

大嫌いなルーファス様に真正面から罵られ、マリウスは絶句してしまった。

「ピアの価値を金銭で換算せねばわからぬとは、愚かだな。我が妻を誘拐し、刃を向けた罪を私自らの手で思い知らせてやりたいが、貴様は罪を重ねすぎている。まあしかし、正攻法であっても何を理解するより早く裁かれて地獄に落ちるだろう」

「こんなの……何かの間違いだ！　私は神に選ばれチャンスを得た男だぞ！」

マリウスが激高し、喚いた。

「そうなのか？　だが、ピアが選んだのは私だ。ピアは髪の毛一本まで私のものだよ。失せろ。連れていけ」

マリウスは猿ぐつわをされ、ルーファス様を睨みつけながら引きずられていった。マリウスの手下も皆、怪我人は荒っぽく担がれて順に連れていかれた。

少し離れたところでマイクが短く口笛を吹くと、賢いダガーとブラッドはそちらに走っていき、他のうちの犬たちと合流した。マイクも元気そうでよかった。マイクが怪我をしたら、サラが泣いてしまう。

敵が全て視界から消え、残るのは後片付けをしてくれる身内のみになると、ルーファス様は大きく息を吐いて私を腕の中にしまい込んだ。私も額を彼の胸に押しつけ、もう安全なことを噛みしめた。

「ルーファス様……ルーファス様……」

彼の胸元の布地を握り締め、愛する人の名を、何度も意味なく繰り返す。

げた。


「ピア……」

「ようやく会えました……」

「うん……危ない目に遭わせてごめん。守ると誓っていたのに」

「いいえ、全く遭っていません。メアリもおりましたし、ルーファス様やスタンの皆を信じておりましたもの」

そう言って顔を上げたら、ルーファス様が目を見開き、私の顎に手を添え、顔を引き上げた。

「……涙を流しているくせに、何強がってるの」

彼は私のメガネを取り上げ、親指で私の目元を拭った。私は自分が泣いていることによようやく気がついた。

「こ、これは、久しぶりにルーファス様にお会いできた嬉し涙です。それよりもルーファス様、私、侯爵家の人間としてお役に立てましたか？」

私が意気込んでそう聞くと、ルーファス様はなぜか切なげな顔になった。

「……うん。ピアのとっさの判断で、マレーナは一命を取り留め、回復に向かっていると連絡があった」

「ああ……マレーナ……よかった……」

早く、一緒に採掘に行けるくらい元気になりますように。

「そしてピアの勇気のおかげでマリウスの尻尾を摑み、メリーク問題の解決への道筋ができた。ありがとう。もはや誰も真似できない、立派な侯爵令息夫人だよ」

「そ、そうですか……」

これで少しは自信を持って、ルーファス様の隣にいることができる。大きく息を吐き出して、つかの間目を閉じた。

「でも、二度とこういうことはしないで。私が怖いんだ。というか、もうさせないから」

ルーファス様のその言葉と同時に、手のひらに感じる彼の鼓動がいつもよりもかなり速いことに気がついた。

「わ、私ったら、心配をおかけして、ごめんなさい」

下唇をぎゅっと噛みしめる。

「謝らないで。本当に助かったのだから。でも今度からもっと平和な方法でスタンに貢献して。私にはピアしかいない。ずっと一緒に歩んでいくために、お願いだ」

「わかりました……お約束します」

ルーファス様の悲痛な懇願に、私は即座に頷いた。

「……うん。あ、そうだ」

ルーファス様は上着の内ポケットに手を入れて何かを取り出し、それをしゃらりと私の首に掛けた。なじみ深い重さで、何かなど見なくてもわかる。

きっと、すぐに護衛の方が探して拾ってくれたのだ。きちんと守られていたのだ。やっぱりルーファス様はすごい。

「これでいい。さあ帰ろう」

「……はい！」

〈妖精の涙〉も戻り、私は軽やかに足を踏み出した……つもりだったが、急に力が抜けた。地面に膝から落ち、横に倒れる寸前で、ルーファス様に受け止められ、一瞬で抱きかかえられた。

「あ、あれ？　おかしいですね。発掘の時はどれだけ山で歩いてもこんなことないのに」

「おそらく緊張から脱して筋肉が弛緩したんだ」

「お、お恥ずかしいです。きっともう少しすれば……え？」

言ってるそばから突然全身がわなわなと震えだす。どこよりも安全な場所にいるのに。

「おかしいな、どうして？　止まらない？」

「ピア、もういい。靴もないんだ。休め」

靴下姿の足元をドレスの布地でくるっと覆われ、頭をルーファス様の胸に押しつけられる。一度止まった涙までぶり返す。本当に私は弱っちい。でももう、弱気が我慢できない。

「うっ……ううっ……ルーファス様」

「どうした？」

「今日は、一緒にいられますか？」

「放す気はないよ。覚悟して」

「ありがとう……大好きです」

　私は愛する夫の温もりに全てをゆだねるうちに、何もかも霞がかかったようになり、寝てしまった。

幕間　スタン侯爵家の慰労会

　スタン本邸の我々の部屋で、食事も断り、眠るピアを何も考えずただずっと抱きしめて添い寝していると、日付が変わる前にドアが控えめにノックされた。

　私は小さく舌打ちをしてピアから慎重に離れた。起きる気配はない。

「ごめん。一時間で戻る」

　ピアの唇に触れるだけのキスをして、父の書斎に向かった。

　部屋には今回の事件に関わった我が領の人間の代表たちや、ヘンリーが集まり、がやがやと慰労会を始めていた。空けてあった父の隣に、はあっと息を吐きながら座る。

「ピアは？」

　父が気づかわしげに尋ねてきた。

「あれから目を覚ましておりません」

「そうか……四日もマリウスに拘束され緊張を強いられていたのだ。十分な休息を取らせてやらねばな。一応明日は医療師に診てもらうといい」

「メアリの話では、マリウスは無体を働きはしなかったものの、常に同乗し、気の休まる暇などなかったと」

　ピアに無体など働いていれば、あの男はもうこの世から消していた。

「それにしてもピアちゃん、この手の訓練を受けてないのに無事にやり遂げるなんて、根性も体力もあるんだな。俺、尊敬するよ」

　そんなことはないと、ゆっくりと首を横に振る。ヘンリーの言葉に幼い頃、微熱が続いてぐったりとしベッドから出られないピアに、彼女の気を引きそうな本を見つけてきては読み聞かせていた光景を思い出す。あの時も大丈夫と言って、無理して笑っていた。

　ピアは我がスタン家が全力で囲い込み育ててきたいわゆる『深窓の令嬢』だ。悲しいこと苦しいことを見聞きする機会をできうる限り排除してきた。

　しかし予言者ゆえか、賢さゆえか？　辛い現実があることをそのへんの貴族の跡継ぎよりもきちんと理解し、いざという時の覚悟ができているのだ。

　とはいえ、監禁は訓練された兵であっても一週間で音を上げるというデータがある。さらに今回は同じ空間に殺人鬼がいたのだ。四日間、ピアが耐えきったのは奇跡……いや、やはり彼女の根性なのだろう。結局マレーナを救いたい、私を助けたいという思いの強さだ。私は自分に舌打ちをする。

「こんなギリギリの精神状態になる事態に、ピアを追い込むつもりなどなかった。ルッツ子爵家の次女を人質に取られるとは……最近ピアが可愛がっていることを知っていたのに。私の落ち度だ」

「まあ、自分よりもデカい俺やフィルすら救おうと動いたピアちゃんが、小さい子を見捨てるはずがないよね。そうしたらしたで、心に一生の傷を負うだろうし。結果、何事もなかったんだ。元気出せ！」

ヘンリーが私の背をバンバンと叩き、目の前のグラスにワインを注いだ。

「各国と協調した経済制裁に、我が国独自である第二弾の物資、技術支援による穏健派の担ぎ出し。そして表に出すことはない第三弾のジェレミーによる秘密毒工場の壊滅。この三つの作戦の成功によって、納得いく解決を引き出すことができた。皆、お疲れ様」

父の発声に、全員グラスを上げ、互いの健闘をたたえ合った。

「今回は反政府の旗頭にゾーヤ皇女を担ぎ出した、ラグナ学長の功績が最も大きいでしょう」

この場にいないラグナ学長の働きを、皆に共有しておく。

当初、穏健派の重鎮たちは、なかなか重い腰を上げてくれなかった。学者仲間で、人格者であるラグナ学長が極秘でメリークに足を運んでくれて、アージュベールは約束をたがえない、信じてほしいと言葉を尽くしたことで、ゾーヤ皇女はじめ彼らの心が動き、そこで潮目が変わった。

「トーマ、ご苦労様」

国の知の象徴たるラグナ学長への護衛は、影のトップであるトーマが直々についた。改めて労う。

「いえいえ、ゾーヤ皇女殿下が学長の話を通じて、我らの若奥様に徐々に関心を示されていく状況を見守るのは、非常に愉快でした」

トーマの目尻を下げた顔は、孫を褒められ喜んでいる祖父といった感じだ。

ゾーヤ皇女が表に出てきたのは、毒工場に連れ去られていた学者仲間を解放したことに加え、ピアの論文と測量等の技術を手土産にできたからに他ならない。数少ない同じ女性研究者であるピアに関心を持ち、学長から研究の様子を短くない時間聞き取ったそうだ。

ピアが地質学や測量の第一人者であることは周知の事実だが、それに加え、メリークが何十年もかけて開発した〈マジックパウダー〉に独力で辿り着き、解明したことに感心したらしい。そしてピアの技術はメリーク再生の役に立つと判断し、政権交代を成したら、是非にも力を借りたいと、結果的に頭を下げられた。

「なかなか……隠しておけないものだな」

「諦めろ、ルーファス。ピアはもうお前がひとりじめできる段階は過ぎた。ある程度外に出し、ピアの国への貢献度をきちんと認知させ、きっちり守りきる方向性に舵を切れ」

「嫌です。ピアが望んでませんので」

ピアが表舞台に堂々と立ち、世界中から称賛を浴びたいなどと思うようになるわけがない。そんなことに時間を割かれるくらいなら、一分でも長く山肌を削るだろう。

「はあ。ならば、どんな権力者がピアをと望んでも、お前の腕から出さずに済むほどの、力をつけることだ」

父は私の性格を熟知しているので、苦笑しながら提案を引っ込めた。

「まあでも、ジェレミーをうまく使ったのは見事だった。結果、あの新毒が最大の切り札になった。お前の工作だと知れ渡れば、侮る者は減るだろう」

メリーク側が会議の切り札として、新毒の存在を明らかにし、こちらを揺さぶったあと、我がアージュベールは間髪を入れずにその毒工場が既に焼失したことは把握済みなうえ、新毒はこちらで回収していること。この毒製造は国際社会から糾弾されるに十分なことを突きつけた。メリークの皇帝は絶望した顔で降参し、政権移譲に同意した。

ジェレミーは役に立ってくれた。生死がかかっている者は動きが違う。

「ジェレミーには少なからず同情を寄せ、更生させてやろうというお優しい方々の声がある。生まれた時からメリークの間諜になるべく育てられたことに対してね。この働きで奴は極刑を免れる。ちょうどよかったな」

かつてのジェレミーの好青年ぶりはあっぱれだった。私すら騙されたのだ。今もって昔の印象を引きずる者もいるのだろう。しかし、夢から覚めてもらわねば困る。

「毒を盛られ死線をさまよい、人生を棒に振りそうになった人間のことには思いやれず、安易な同情で死刑に反対するとは……無邪気なことだ」

フィルが、ガイ博士がどれだけ苦しんだか想像もできないのか？　ヘンリーがこうして元気に目の前に座っていることは、奇跡だというのに。

ジェレミーがフィルに躊躇なく致死量の毒を盛った場面に私はいた。本来死刑以外ありえない。キリキリと歯を噛みしめていると、ヘンリーの気の抜けた声が上がった。

「まあ、これからバリバリ働いてもらえばいいんじゃないの？　それよりもジェレミーのあの怯えっぷり！　俺、面白くて噴き出しそうになった。ルーファスが相当懲らしめたんだろ？」

「……忘れたね」

毒の直接的な被害者であるヘンリーが納得しているのなら、私があれこれ言うのはこれ以上、やめておこう。

そんな和平交渉の真っただ中にピア誘拐の情報が入った。一行は馬車でスタン領に向けて、人目を避けて移動中とのことだった。

すぐに迎え撃つ準備を完璧に済ませ、馬車にも影を張りつかせた。車窓からメアリが確認でき、ひと安心する。

メアリも当然『影』上がりだ。母が目をつけ、表でも護衛できるよう侍女のスキルも叩き込んだ。そうして育てた腹心を、「当面ね」と、ピアにつけてくれた。こういうことが起きると想定していたのだろう。もはや母には頭が上がらない。

敵の休憩の隙にメアリと連絡を取ると、

『実行犯はベアード子爵と他十名。戦闘力は中。さすがに私はピア様から離れられませんが、いつでも救出作戦に備えております。ただピア様はこのまま囮になるとおっしゃっていますがどうしますか？』

囮など私はもちろん反対したが、父やトーマに冷めた目で見つめられた。

『ルーファス様、これはベアード家とその共犯者を根こそぎ追い込み、最低でも次期侯爵夫人誘拐の罪で捕らえるチャンスでございます。捕らえさえすれば、自白させられます』

『ピアが覚悟を決めているのだ。お前が大局を見誤ってどうする？　万が一にもピアを危険に遭わせるわけがないだろう。メアリはじめ皆、ピアのためなら命をも懸けるという精鋭をピアにはつけている。状況が悪化しそうになれば、すぐ救出させる』

父の言うことは頭では理解できる。ゆえに頷き、結果的にマリウスの息の根を止めた。

国家転覆罪も密出国罪も一発アウトの重罪だ。

しかし全て上々に終わった今も、胸の内のモヤモヤは晴れない。

「ところでルーファス様、指揮官のあなた様が敵に立ち向かうのはおやめいただきたく……」

「……マイク、悪かったよ」

言われるまでもなく猛省している。今回の事件で私はピアのことになると感情が前に出すぎて判断が鈍ることを痛感した。肘をつき、両手で顔を覆う。

「まあ、大好きなピアちゃんが目の届かないところに行けばしょうがないって」

ヘンリーに再びバンバンと背中を叩かれた。まさかヘンリーに二度も慰められる日が来ようとは……。

「そういえば、敵の馬車に一小隊は張りつけてただろう？　国境で待ち伏せしてた人数を加えると総勢百人？　約十人の敵相手に……ビックリした！　ほんっとピアちゃん好きすぎるな、ルーファス」

「なぜ驚く？　ピアのために万全を尽くすのは当たり前だ」

しかし、万全を尽くしたつもりでいて、マリウスにピアを触れさせた。〈妖精の涙〉を奪ったということは、そういうことだ。何度も腕も摑まれたらしい。マリウスの色を纏わせられ、唇を噛みしめ涙をこらえるピアを見て、私は……。

よくも私のピアを……。

「ルーファス、抑えろ」

父の言葉に、今の状況を思い出し、小声ですみませんと謝った。

「さあさあ、皆様お疲れ様でした。内輪ですが改めて祝杯と参りましょう。閣下？」

「うん。では皆、よく働いてくれた。乾杯」

「「「乾杯！」」」

トーマがテーブルに酒に合う珍味を並べ、皆、リラックスして歓談を始めた。

私はしばらく付き合ったのち、静かに退出し、ピアのもとに戻った。

第七章 春花祭

「ねえ、サラ。イリマ王女とロックウェル領で会った時からまだ二カ月しか経ってないなんて信じられる？」

「お嬢様が誘拐されたと聞いて、私は……胸が潰れる思いでした」

「ごめんね、サラ。心配かけて」

　スタン領でマリウスの手から救出された私は、本邸で一週間ほど休養したあと王都に戻った。領地の医療師やトーマ執事長、そしてダガーとブラッドも、もっとゆっくりするようにと引き留めてくれたけれど、そもそも病気ではない。

　実を言うと、心配性なルーファス様が私から片時も離れなかったのだ。それは王都の宰相補佐という重責を無期限でお休みしているということだ。

「ルーファス様、そろそろお仕事に戻られては……」

「ピア、夜にどれだけうなされているかわかってないだろう？　ピアを一人で眠らせるつもりはないから」

　寝ている間のことを言われても困る。そしてなんとなく王都方面から早く出仕しろという無言のプレッシャーを感じる。

ということで、「早く研究の続きをしたい」とわがままを言い、夫婦揃って私たちの屋敷にいつもよりものんびりした行程で帰ってきたのだ。

私の姿を見るや、サラが号泣した。物心ついてからずっと一緒にいるサラが、あれほど泣くのは初めて見た。

「私はもう、大事な人を、一人たりとも見送りたくないのです！」

サラは子どもの頃にご両親を立て続けに失っている。その心の傷をぶり返させてしまったようだ。

「みんなが守ってくれたから傷一つないわ！　もう泣かないで」

今考えても、あの時はああするほかなかったけれど、サラの体を震わせ泣き続ける背中をさすりながら、何度もごめんと謝まった。

「そういえば、ダガーは素晴らしい活躍を見せたそうですね」

「もう信じられないよ。私の救出に向かうために現役の犬たちを外に出す時に、大騒ぎして一緒に飛び出したんだって」

ダガーのしこり——腫瘍は確かにあった。しかし、肌が膿むこともなく、下痢や吐血など他の症状もない。しばらくは経過観察するとのことだ。

『ピア様、ダガーは俺が責任もって、ここでのんびり楽しく過ごさせるさ。まだあと数年は大丈夫だろう。あとはピア様がちょくちょく遊びに来てくれたら、ダガーも他の犬も俺も、まあ、嬉しい』

とトレーナーのゼインは言い、不安がる私のために、慣れない笑顔を作ってくれた。

「ダガーとブラッドは、私にとって戦友なんです」

ダガーの状態を聞き、いかにもホッとした様子のサラがそう言った。

「戦友？　なんの？」

「ピア様に振り回されながらも、お守りし、お育てした戦友です」

「えー！」

私はてっきり自分がダガーとブラッドのお母さんのつもりだったのに。納得いかないけれど、サラが楽しそうだから一緒に笑った。

そして、きちんと先触れ後に、この屋敷にアンジェラとマレーナが訪ねてきた。

「ピアさま――！」

「ピアせんせーい！」

二人ともエントランスに入ってくるや否や、泣きながら私にしがみついてきた。

「わ、私のせいでごめ、ごめんなさい」

「マレーナ、何言ってるの？　謝るのはこちらのほうよ。私をおびき出すためにマレーナは利用されたの。どう詫びればいいのか。マレーナのお父様にもお母様にも大変な辛い思いをさせてしまって」

あとからゆっくり聞けば、マレーナは子爵邸の庭でもうすぐ蕾の開きそうなチューリップに水をあげているところを、マリウスの手下に拉致され、アカデミーまでの馬車の中で無理やり〈マジックパウダー〉を飲まされたらしい。どれだけ恐ろしかったことだろう。

「ごめんねマレーナ、ごめんねアンジェラ」

私は二人を抱きしめ返し、繰り返し謝った。するとアンジェラが涙を流しながら首を勢いよく振った。

「ピア様も被害者です！　それに……ピア様にはマレーナを放っておくという選択肢もあったのです」

「そんな選択肢あるわけないでしょう！」

思わず淑女にあるまじき声で叫んだ。

「いいえ！　ただの下級貴族の次女と、国の宝であるスタン博士。どうあっても優先順位が違います」

優先順位……そういう考え方もあるのかもしれないが、前世で平等を叩き込まれた記憶のある私に限っては、それは否だ。

「アンジェラ、それは違うから。国の未来そのものの子どもを犠牲にするなんて、大人としてありえないと私は思う」

「ピア様……」

「言っとくけどいい子ちゃんぶる気なんてないの。メアリが一緒にいてスタン家の護衛が救出してくれるって確信があったから、私もあんな行動が取れたの。みんなが力を合わせて、悪い奴の罠から抜け出して、悪い奴は全員捕まった。そうでしょう⁉」

「「はい！」」

　ようやく三人の意見が合った。

「で、マレーナの体調は？」

「はい。今のところなんの後遺症もありませんし、すぐにスタン侯爵家からクリス先生が駆けつけてくれまして、三日間もつきっきりで手当てしてくれました」

　マリウスも一応まともな解毒剤を渡したようだ。そしてクリス先生が診てくれたのなら、身体の治療は終わったのだろう。あとは、心のケアを定期的に診てもらうように忘れずにお願いしておかねば。

　大人の私でも、夜、うなされているらしいから。

「そう。よかった。先生の言うことをきちんと聞いて偉かったね」

「はい！　ピア先生あのね、クリス先生ってね、ちゃんとお薬を飲んだらご褒美って、必ずあまーいキャンディーをくれるの」

「知ってる。私も子どもの時、にがーいお薬のあとにクリス先生に貰ってた。あれ、とっても美味しいよね！　でもどこに売ってるか教えてくれないの」
「ピア先生も!?」
「うん。マレーナと一緒。さあさあ、いつまでもエントランスでおしゃべりしてごめんね。クリス先生の秘密のキャンディーには負けるけど、うちのお菓子とジュースで元気になった乾杯をしましょう」
「「はーい！」」

予想どおり、ルーファス様は王都に帰るや否や、溜まった仕事に忙殺されており、早朝に出仕される……夜は私と団らんしたいとのことだ。その間、マイクやチャーリーからその後の話を教えてもらう。

ちなみに私を守るために孤軍奮闘してくれたメアリは特別褒賞で一カ月の長期休暇中だ。命の恩人のメアリには感謝しかない。

メリーク帝国はアージュベール王国の油田を襲ったこと、世界を震撼させる毒を作り、それで支配しようとしたこと、他国の大貴族の夫人（私のこと）を誘拐拉致監禁殺人未遂したことが明るみに出て、さらに莫大な資金をそれらの作戦に費やしたことが発覚し、財政破綻寸前。

他国の協力、援助がなければ到底持ちなおせず、和平協議どおり政権が交代した。旧政権のこれまでの好戦的な行動は、勝機があると思ったというよりも、国力の弱体化に切羽詰まっての武力行使だった。

メリーク帝国は今後数年かけて、被害を被った国へ相当の賠償金を支払っていくことになる。それが経済制裁解除の大きな条件の一つだ。当面軍事に工面できるお金はない。

「結局のところ、資源の取り合いが戦争のスタートになってしまうのね」

前世であれ、現世であれ。

「おっしゃるとおりです。それゆえ、地下資源に精通しているピア様は今後も狙われます。外出時、警備が厳しくなるのはご容赦ください」

「……地下資源に精通なんかしてないって」

マイクの発言を否定しながらため息をつく。私はほんの少し、鉱物があるかもしれない場所を思いつくだけ。世間話の延長レベルだと受け取ってほしい。

「……ピア様に自覚がなくても、よく知らぬ者ほどそう認識しています。とにかく我々のために、行き先を告げない外出や単独行動は絶対におやめくださいね。ピア様の誘拐中のルーファス様は指示を出す以外はほとんど無言、無表情で……これ以上ないほど恐ろしかったのですよ」

「うわあ、いっそ怒鳴られたほうがマシってやつですね」

思い出したのかどんよりと引きつった顔をするマイクに、チャーリーが同情を寄せた。

「ああ、想像できますわ。ロックウェルに病気のピア様をお見舞いにいらした時が、そんな感じでしたもの。それが四日間ですか？　マイク、お疲れ様」

サラも訳知り顔で頷き、使用人三人で何やら団結してしまった。

とにかくみんなにも、ルーファス様にも限界まで心配をかけてしまったことがよくわかった。

「やっぱり軽率だったのかな……みんなごめんなさい」

「いいえ、ピア様の行動は寸時の判断が必要とされる中、考えられうる限りのベストです。こちらこそ謝らせて申し訳ありません」

小さくなって謝る私に、慌ててマイクがフォローを入れた。

「そうですわ。私はマレーナ様を助けられたお嬢様を誇りに思っています。でも、だからといってお嬢様の身に何かあったらと、心配する気持ちを消すことなどできず。素直にお褒めできないサラを許してください」

「サラ……」

「とりあえず、今回の件で私は自分の力不足を痛感いたしました。メアリさんに負けないくらい、私もお嬢様を守れるように鍛えます！」

「サラ、私がピア様も君も守るから！　君は他の方向を磨いてくれ」

サラがグッと握り込んだ拳を、マイクが慌てて自分の両手で包み下ろさせた。それを見ていたチャーリーがぼやく。

「あー！　このお屋敷、独身者には辛くなってきたな〜。メアリ先輩早く戻ってこないかな〜」

怒られるのも、心配されるのも、頑張ったと褒められるのも全部嬉しい。私とルーファス様は孤立した夫婦ではない。皆が心から支えてくれている。

これからも仲間と共に、真面目に生きていこう。

「おかえりなさい。ルーファス様」

「ただいま。あ、ちょっと待って。先に体を清めてくる。ピアも寝る準備をして待ってて」

帰宅したらエントランスですぐ私にただいまのキスをするルーファス様が、今日に限って私に向かって腕を突き出し、距離を取った。

いつの間にかキスを当然と思い、どこか期待していた自分が恥ずかしい……と思いつつ、一体どうして？　と訝しむ。

言われるまま私室で寝間着に着替え、サラを下げ、ソファーに座りおとなしく待っていると、まだ少し髪の濡れたルーファス様が戻ってきた。

「ルーファス様、お食事は？　お腹はすいていませんか？」

「うん、今はいい。ただいまピア」

ルーファス様はソファーの隣に座りながら、私の額にキスをした。ここでいつもに戻った。では先ほどのことはなんだったのだろう。

「ローレン夫妻、そしてマリウスは私たちがまだ領地で休息している間に、裁判にかけられ、その日のうちに全会一致で死刑の判決が出た」

「それしか……ないでしょうね」

既に捕まっていたローレン前医療師団長とその妻は当然のこと、ほぼ黒確定だったマリウスについても事前に余罪を調べ尽くされていたはずだ。犯した罪の数は何十にも及んだのではないだろうか？　そしてその一つ一つが重罪のはず。

「三人の刑が、今日王命により執行された。私はフィリップ殿下と神官と共に刑場に最後の懺悔を聞きに行ってきたよ。なんとなくさっぱりしたくて、先に入浴してきた」

「それは……お仕事とはいえ、お疲れ様でした」

負の感情渦巻く場所に行き、身を清めて気分転換したかったということだ。その気持ちは理解できる。

「夫妻はなんにも反省していなかったね。『メリーク帝国万歳！　自分たちをこんな目に遭わせてメリーク皇帝陛下が黙っていない』とかしつこく喚いていた。でもフィルがメリークの政権交代と、来月にもゾーヤ皇女が皇帝になることを教えると、呆然としていた」

毒を自在に操り、フィリップ殿下の殺人未遂だけでなく、たくさんの人間を秘密裏に簡単に殺し、大好きなアンジェラやマレーナをも遠回しに苦しめた二人。同情などしないけれど、どこか哀れに感じる。

「マリウスに至っては、死への恐怖で混乱しているのか、訳のわからないことを呟いていた。『なぜ私一人死ぬんだ。彼女は私のものだ！ 私が殺したんだから！』とか？ 彼女とはピアのことだろう？ ピアは生きているのに死んだなど、支離滅裂だし、あの男の口からピアのことが語られるだけで腹立たしい」

「そんなことを？」

私には、その言葉の意味がなんとなくわかる。ゾクッという悪寒が体に走り、身を震わせると、すかさずルーファス様が私の肩を抱き寄せた。

「安心して。あいつももう、この世にいない」

私は小さく頷きながら、目を閉じた。マリウスには今度こそ現世に未練なく綺麗さっぱり成仏してほしい。二度と私やカイル、キャロラインの前に姿を現さないでほしい。

私がこの世界で老衰し、もしまた別の世界に転生するとしても、あの男だけには会いたくない。手を組んで、はるか北のスタン神殿の神様に真剣に祈る。

「ピア？ 怯えないでいい。今度こそ私が必ず守るから、ね？」

そうだ。私はルーファス様と夫婦だ。協力すればいい。

「今度こそって……ルーファス様はずっとちゃんと守ってくださってますよ。それよりも、もし天寿を全うして生まれ変わったら、また私は次の人生もルーファス様を探していいですか？」

「ピアが探してくれるの？　もちろん！　絶対見つけてね」

今夜のルーファス様の、どこか影を帯びた雰囲気が少し薄まり、彼は柔らかな笑みを浮かべた。

「でもルーファス様、私だとわかってくれますか？」

ルーファス様はこの瞬間も徳を積んでいる。生まれ変わっても当然麗しいお姿で、私は一発で見つけられるだろう。でも私は間違いなく凡人……いや、人ですらないかもしれない。犬とか猫とか……虫だったりして⁉

「絶対わかるよ。何度生まれ変わっても、ピアは化石を握りしめているはずだもの」

ルーファス様は本当に私をわかってくれている。来世でも、ルーファス様が一緒なら絶対大丈夫だ。ホッとしてルーファス様の肩にもたれると、そんな私の髪を梳きながら、彼は提案した。

「ピア……どうだろう、気分転換にロックウェル領に行ってみては？　サラと一緒にリラックスしてくるといい。きっとおばあ様も今回の件で心配しているから、安心させておいでよ。そしてキャロラインの様子を見てきてくれると助かるかな。国に定期的に報告しなければならないんだ」

　そう言われると、途端に祖母に会いたくなる。

「でも、まだアカデミーにも顔を出しておりませんし、あの騒動でお世話になった守衛の皆様にお礼も言えておりません」

「アカデミーでマリウスどもに対応し、マレーナやアンジェラのフォローをしてくれた者には私のほうからお礼は済ませているよ。誠実なピアが自分の口でお礼を言いたい気持ちはわかる。でもバタバタと慌てる必要はないんだ。ピアはこれからずっとアカデミーで研究するんだろう？」

「それは、できましたらそうしたいです」

「じゃあ決まりだ。ひとまずロックウェル領で仕事をしてきて？」

　なんとなく言いくるめられた気がしなくもないけれど、私のことを考えた末の判断だとわかっているから、小さく頷き承諾した。

「ルーファス様は？」

「私は至急の案件が数件あって、一緒には行けないけれど、完璧に安全を確保しているから安心して里帰りしておいで。私も大至急終わらせて迎えに行くから」

「そんな。ルーファス様こそバタバタとしないでください」

「私がピアと離れてはいられないんだよ。今回の件で思い知った。ピア、今日はさすがに神経を使った。ピアの留守中の分も併せて充電させて」

これから刑が執行される死刑囚と話すこと、それがどれだけ大罪人であれ、心が重くなるのは防ぐことなどできないだろう。

私は横からぎゅっとルーファス様にしがみつく。ルーファス様の心の澱を受け取れるように。

しばらくそうしていると、私の顎に手をかけられて軽いキスを受けた。瞳を覗き込めば、帰宅当時に比べて、幾分穏やかになった気がする。

「半分とはいかないけれど、少しだけ、ルーファス様の苦しい気持ちを吸収できたようですね。よかった」

「苦しみ悲しみは半分こだと言ってたね、それが夫婦だと……ありがとう奥さん」

「どういたしまして。今日は私がルーファス様に近づく悪夢は追い払いますので、安心してお休みください！」

灯りを消して、いつものように身を寄せ合って目を閉じた……のが良くなかった。

私はルーファス様より先に寝た。そして翌朝は遅く起きた。全くお役に立たなかった。

二日後、サラと護衛のマイクと共に、元気よくロックウェル領本邸の玄関をくぐり、

「おばあさま〜ただいま〜！」

と、呼びかけると、その次の瞬間、私は母の腕の中にいた。

「お、お母様？　どうして？」

「ああピア！　よく顔を見せてちょうだい？　無事なのね？　よかった……本当によかった……どうしてうちのピアが、誘拐なんてことに……恐ろしかったでしょう……」

私を抱きしめて離さない母の肩越しに向こうを見れば、車椅子の祖母の両脇に父と兄も立っていた。ロックウェル一家勢揃いだ。

父の目は涙に潤み、祖母は眉間に皺を寄せ、これまでになく険しい顔。そして兄は腰に両手を当て、いかにも安堵したというように口を開けて天井を見ていた。

ロックウェル家には救出されてすぐに、『無事に全てを終えたから心配しないでね』という手紙を届けてもらい、『お疲れ様でした。ゆっくり静養してください』という父の返信を貰っていた。しかし、相当な心配をかけていたのだと改めて痛感した。

私だってもし母が誘拐され、その後救出され、大丈夫だと連絡を受けても、やはり顔を見るまでは心から安心などできないだろう。それと一緒だ。

でも、スタン侯爵家の人間となった私がスタン侯爵家の作戦の駒として動いたことに、親とはいえ格下のロックウェル伯爵家が「心配している」などと言えようか？　それは侯爵家の作戦に異議を唱えたことになってしまう。

そして私も、ルーファス様やお義父様、そしてきっとお義母様も残務処理でお忙しくしているのに、「ちょっとロックウェルに顔を出しにいきたい」とは言えなかった。

「エマ、少し落ち着きなさい。ピアはこうしてここに戻ったでしょう。もう消えたりしませんよ。ピア、先日は『ただいま』と言うなと言ってしまったけれど……おかえりなさい。

顔を見てホッとしたわ」

「おばあ様、お父様、お兄様、そしてお母様、いっぱい心配をかけてごめんなさい！」

「謝ることはない。ピアもルーファス様も侯爵閣下も悪くない。悪いのはピアを攫ったベアード子爵だ。私たちはピアがルッツ子爵令嬢のために人質の交換に応じたこと、立派だったと思っているよ」

父はそう言いながら私たちのそばに来て、私の額にキスをした。そんな両親と妹を見ながら、兄が率直な物言いで説明してくれた。

「ピアにはベアード子爵の言いなりになるしかなかったことは理解してるし、ピアは大局を見て国家のために囮になり成功した、ということも頭では理解している。だが、肉親としての心情は別で……まあ、複雑なんだ。そんな私たちの感情を慮って、ルーファス様が命令として、私たち全員を今日ここに集めたんだよ」

「私もキャロラインがどうしているか、様子を伝えるようにと命じられることで、いそいそとやってきました」

貴族としての体面やらで、身動きのとれない私たちのためにルーファス様はこの場を設けてくれたようだ。

「ほんっとにルーファス様の手のひらで転がされているようで忌々しいこと。でも、私たちに送ってくれた詫び状にはなかなか心を打たれたから、ありがたくこの機会を利用させてもらいましょう。エマ、寒いからいつまでもエントランスにいたくないわ」

おばあ様が悪態をつきながらルーファス様を褒めた。いつもどおりだ。

「そ、そうね。今日はピアの大好きなものばかり作って待っていたのよ。まずは皆でランチにしましょう。サラも心配したでしょう？　本当にこの子ったら……。さあさあ食堂へ」

サラが祖母の車椅子を押し、その後ろから四人でついていく。父といつものように腕を組むと、父がそういえばと話しだした。

「数日前、ルッツ子爵がご令嬢二人を連れて王都の我が家にわざわざ頭を下げに来てくれたんだ。ピアがいかに勇敢だったかアンジェラ嬢に語られて、目が点になった。勇敢なんて弱気なピアに一番そぐわない言葉だろう？」

「なぜルッツ子爵家が頭を下げるの？　マリウスの目的は私で、マレーナは巻き込まれただけなのに！」

私がつい怒りを再燃させると、静かな声で兄が諭した。

「頭を下げるほかないいんだよ。うちは現実、侯爵家がバックについている伯爵家だ。実力のほどはさておき子爵家よりも立場は上。そして子爵は結果的にやすやすとマレーナ嬢を誘拐させた警備体制が問われる」

「隙一つない警備など、高位貴族でなければ無理なのに……」

ロックウェルだってスタン侯爵家と縁づくまでは、警備なんて言葉を使えないようなお粗末な体制だった。

「それはお互いにわかっている。でも私の立場としては謝罪を受け入れ、水に流しましょうと言うほかないのだ」

そう言って、父が肩をすくめた。

何もかもマリウスのせいだ。マレーナが怖い思いをしたのも、アンジェラが苦しんだのも、ルッツ子爵が我が家に頭を下げる状況になったのも。

だが、彼は死んだ。釈然としないけれど、前を向かなくては。

「アンジェラにいっぱい仕事を回そう。マレーナにも知りたいと思うことは全て教えてあげよう」

「そのルッツ子爵家の娘たちはルーファス様が認めているのね？　ならばそうしておやりなさい。男であれ女であれまともな仕事さえあれば、惨めな思いをしないで済むわ」

　おばあ様の発言はいつでも現実的だ。

「でも、外でのお仕事の時はくれぐれも気をつけるのよ？　マイク、ピアとサラを頼みますよ」

「お義母様、私の命に代えましても」

　マイクがいつの間にか母を「お義母様」と呼んでいる!?　と驚きつつも、急いで訂正する。

「いや、マイクが命を懸けるようなところに飛び込んだりしないから。私たちそこまで無鉄砲じゃないよ。ねえサラ？」

「全くです」

「マイクがそう言ってくれて、ホッとしたわ。さあ、温かいうちにいただきましょう！」

　私は久しぶりに愛するロックウェルの家族と、領地で収穫した冬野菜中心の素朴な料理を、おしゃべりしながら平らげた。

　食後、祖母にキャロラインのもとへ案内してもらう。

「クリス先生に与えられたリハビリメニューを、なんとかこなしているようよ。仕事のほうは腰の骨折と太ももの刺し傷の後遺症で、立ち仕事は無理ねえ」

「痛いでしょうね……」

前世、殺された時の痛みがぶり返しそうになり、慌てて気持ちを祖母に向けた。

とはいえ……侍女の仕事は立ち仕事がメインだ。彼女は労働を更生訓練として義務づけられているのに。このままではいずれ決まる刑期が延びてしまうのではないだろうか？

「でもね、よく気がつく子よ。私の疲れを見逃さないし、暑さ寒さに困っている時も声をかけてくれる。真剣に誰かを看病した経験があるんでしょうね」

おそらく病気で亡くなったお母様を長いこと看病していたのだろう。随分貧しかったと聞いたから、何もかもをキャロラインが担っていたに違いない。

「とりあえず侍女の日課のうちできることをしたあとは、座って食器を磨くことと、アンガスの書き残した大量のノートを転記してもらってるわ」

「おじい様の？」

アンガスとは祖母の夫、時代に翻弄された前ロックウェル伯爵だ。

「そう。思った以上に丁寧でいい出来よ。ラムゼー男爵はきちんと教育させたようね。水車の交換のために設計図ノートを引っ張り出してきたら、紙の材質が悪かったのか、ボロボロと破れてきてねえ。ほんっとにあの人は死んでもなお手間をかける」

ぶつくさ言いながらも、祖母が祖父を語る時の瞳は、いつも柔らかい。

それにしても設計図の転記――設計図には水車の大小の歯車や杭などの部品の縮小図に、その大きさの数値や計算式などが、祖父の癖のある字でびっしり書いてあるはずだ。

そして何より一般人は設計図を見慣れていない。見たことのない不思議な記載を正確に書き写すことなどできない。ほどほどに理解がなければ。

やはりキャロラインの前世の知識がいい働きをしていると思う。日本で生きていたのなら、義務教育中に設計図を引いて棚くらい作ったことがあるだろうし、周囲に一人くらいプラモデル作りが趣味の友達がいたかもしれない。

「それはロックウェルとしては、うってつけの人材でしたね」

「まあね。それに……今無理しないほうがいい。あの子は若いもの。私と違って。諦めるのはまだ早いわ」

祖母はそう言って自分の脚を眺めた。キャロラインと自分を重ね……応援することにしたようだ。

「おばあ様、ルーファス様の話ではフォスター修道院は建物も人も全く再建の目途が立っていないそうです。しばらくはここで静かに過ごさせてあげてください」

車椅子のハンドルを握る私の手を、祖母がポンポンと叩いた。頼もしい。

普段は使っていない部屋を前に、祖母が「入るわよ！」と声をかける。すると中から護衛——スタン侯爵家の私兵の制服だ——がドアを開け、頭を下げてくれた。

部屋の真ん中に私がここで地図を描く時に使っていた大きなテーブルがドカンと置かれ、座り心地の良さそうな椅子が二脚。それだけの部屋だった。体の不自由な人間がどこにもぶつからずに歩けるような、何もない部屋だ。

そこでキャロラインはペンを右手に、ルーペを左手に持ったまま、原本を睨んでいた。

「キャロライン、中腰はやめなさいと言ったでしょう！　作業は座ってする！　言うことをきかないとデザート抜きですよ！」

「ビ、ビクトリア様っ、いつから見てたんですか……って白衣さん！　じゃなかったピア様！　お久しぶりです！」

ロックウェルのグレーの侍女服に身を包み、前世風に言えば「ヤバい！」という表情でこちらを見たキャロラインの顔は、血色も良く、擦り傷やアザも目立たなくなっていて、元どおりの愛らしさまであと少しという状態だった。

「キャロライン、うちのおばあ様の言いつけに背くなんてすごい度胸ねえ」

私は腕を組み、半分冗談のようにそう言ったが、祖母がダメというものは守ってもらわねば。なんといっても祖母は経験者なのだ。本当に……歩けなくなるかもしれない。

「言いつけに背くつもりなんてありませんっ！　大きい図は立ったほうが描きやすくって

ついつい～！」

キャロラインはそう言うと、膝に両手を乗せて、お行儀よく座った。

「全く、調子のいいこと。今日の具合はどう？　リハビリの散歩は終えたの？」

「いいえ、キリのいいところまで済ませてから、サムさんをお呼びしようと思ってました」

　キャロラインはどうやら屋外の散歩も許されたようだ。実際このロックウェル本邸から逃げ出しても、よそ者ゼロのこの領地に彼女の逃亡に手を貸してくれそうな人はいないし、行く当てもないだろう。

　しかし、祖母が彼女の言動から問題ないとみなし、許可したという事実が重要なのだ。

　そんなことを考えていると、表で爆竹の音がした。窓の外を見れば、空に白い煙がたなびいている。元は硝石で名を上げたロックウェル伯爵家。火薬の扱いなどうちの領民は手慣れたものだ。

「何事ですか？」

「ピア、知らずにやってきたの？　全くルーファス様は……今日は春花祭よ」

「今日ですか⁉　そっか……そういえばそういう時期ですね」

　春花祭は春がやってきたことの喜びと、今年も豊作になりますように、という祈りを込めて、亡き祖父、癖のある字を書くアンガス・ロックウェル前伯爵が始めた祭りだ。

　ロックウェル領は王領を切り取って与えられた歴史の浅い領だから、神殿がない。神事の時は王都から出張してもらえる距離で、何より貧乏だから造営する予定もない。

でも、神殿がないとそれに付随した、民がちょっと羽目を外して楽しめる行事がないのだ。

ということで、「楽しい行事がなければ作ればいいじゃん！」と亡き祖父が勝手に作ってしまったのが春花祭。歴史も宗教的縛りもないので超無礼講である。

ちなみに秋には錦秋祭が行われる。どちらもお祭神はうちの領の命運を握っている、祖父の作った大水車だ。

「キャロラインは当然初めてね。ふむ……ちょうどいいわ。リハビリがてらお祭りを見ておいで。今日は屋敷の中の人手は足りているしね。ピアもその格好ならば祭りの皆を萎縮させることもないでしょう。一緒に行っておいで」

私の今日の服装は白いブラウスにお気に入りのライトグリーンのスカート、そして過保護なルーファス様に出掛けにグルグルと巻かれた春らしいピンクのショール。ロックウェル領にドレスでやってきたら、仲良しの領民たちに距離を取られてしまうから、特別な予定でもない限りは今後も普段着のつもりだ。

そういえばなぜか両親と兄は正装だった（当然、母は紺のドレスだった）。ルーファス様の命令でやってきた、という体だからだろうか？

「え？　お祭りなんて、私が行ってもいいのですか？　私は罪人で……」

戸惑うキャロラインに私は苦笑しながら説明した。

「きっとキャロラインが思ってるお祭りと全く規模も趣も違うから安心して」

なんせ領民の手作りのお祭りなのだ。できることなど限られている。それでも飲んで食べて騒いで楽しいのだけれど。

「じゃ、じゃあ。お言葉に甘えます？」

「うん、行こう！　久しぶりで楽しみ～。おばあ様、行ってきます」

「ピア、わかってるね！」

「はい。どの屋台にも出し物にも平等に、しっかりお金を使ってまいります！」

「よろしい」

午後の日差しは暖かく風もなく、散歩にはぴったりの気候になった。道沿いの木々の蕾もほころび始め、ピンクや白の花びらを覗かせている。

キャロラインの歩調に合わせてゆっくりゆっくり、ロックウェル本邸から五分ほどの、領民皆のいこいの広場に向かう。監視兼護衛も距離を保ってついてきている。

この二人きりで、このあと気分転換が待っている今のタイミングがベストと思い、マリウスの件を当事者の一人であるキャロラインに伝える。彼女の疑念や不安がなくなるよう丁寧さを心がけて。

「あなたを襲った男はマリウス・ベアード子爵だった。お義父様であるラムゼー男爵を借金のカタに犯罪に巻き込み、そのうえ殺したベアード伯爵の息子よ。もちろん全ての事件の共謀者だった。その子爵も捕まり裁かれた。もう安心して……眠っていいから」

彼女は一瞬体を強張らせたが、ゆっくりと細く息を吐き、気持ちを落ち着かせた。

「そう……国が仇を取ってくれたのね。私は……王家にひどいことをしたのに」

「……何か聞いておきたいことはある？　私が知ってることならば、なんでも教えていいと許可が出てるの」

「ありがとうございます。でも今は、思いつかない。……いつか、自由に動ける日が来たら、義父のお墓参りに行きたいな……。そして私の村へ、母のお墓参りにも」

そう言うと、修道院仕込みの美しい所作で印を切り、一瞬祈りを捧げた。

少ししんみりとした空気になったが、広場が近づくにつれ、賑やかな声が聞こえてくる。

やがて大勢の領民たちと広場をぐるりと取り囲む十件ほどの屋台が見えてきて、香ばしい匂いが漂ってきた。そして早速私を見つけた商店主が、笑顔で出迎えてくれた。

「おう！　ピア様おかえりなさい。ん？　今日の連れはサラじゃなくて新人の侍女さんかい？　さあ、駆けつけ一杯どうぞ！」

「ありがとう。ぐるっと回らせてもらうね」

乳白色の飲み物の入ったコップをキャロラインに渡し、勧めると恐る恐る口をつけた。

「ほんのり甘い……お正月に神社でふるまわれていた甘酒みたいだわ」

　キャロラインの独り言を耳が拾う。確かに甘酒のようだと納得する。

「さあ、全部のお店を制覇するよ！　キャロラインも当分ここに住むんだから、ロックウエルの味を覚えてちょうだい！」

「……ええ！」

　キャロラインも楽しまなきゃ損だとようやく吹っ切れたようだ。右手をぐっと握りしめてやる気を見せた。

「ピア様、この串焼きは？」

「イノシシよ。じっくりたれに漬け込んでいるから臭みとかないでしょう？　おじさん、二本ちょうだい！」

　本来はこの調子で食べ歩くのが楽しいのだけれど、キャロラインの怪我を考慮して、二、三件回ったあとは、彼女を簡易のテーブル席に座らせて、私は一人で一周回った。

　戦利品を両手いっぱいに持って戻り、キャロラインの前に並べる。

　彼女は座りっぱなしではあったものの、きょろきょろと賑わいを見渡し、そこそこ楽しそうに待っていてくれた。

「さあ、今日は屋敷で夕食は出ないから、ここでお腹いっぱい食べて帰りましょう！　遠慮はなしよ。作ったみんなが私たちがきちんと食べてくれるか注目してるんだから！」

「そういうことなら……いただきます！」

そう言って両手を合わせると、彼女は目を輝かせてテーブルの上の料理を選び始めた。

「これはお芋を串に刺してるのですか？」

「そう、父の実験農場のお芋を揚げて、煮つめた砂糖と絡めているの」

「大学芋だわ……うん、カリッとしてる！」

美味しそうに食べるキャロラインに、どんどん新しい食べ物を差し出す。いつかここを離れる時に、いい思い出として残るように。

「甘いもののあとは飲み物もどうぞ」

「これは緑茶？　口がさっぱりして嬉しいけどどうして？」

キャロラインなら喜ぶと思ったのだ。私はにんまりと笑って、

「うん、実はパティスリー・フジのオーナーのカイルに任された茶畑がうちにはあるの」

「なるほど。カイルさんのパティスリー・フジはスタン侯爵家御用達でしたね。その縁でロックウェル伯爵家とも懇意にしているんですね」

「まあ、そんな感じ」

違和感なくカイルと関連づけしてもらえてよかった。

「それにしてもピア様、お料理に詳しいですね。お得意なんですか？」

「いえ、全く」

残念ながらはっきり否定できる。

「私は台所に立つのが好きで、初めてのお料理も一口食べたら、なぜかだいたい再現できるんです。このキッシュは隠し味にカリエルの実を入れてるのがポイントですね」

「…………」

やはり〈マジキャロ〉の料理ステータスはキャロラインに全振りしたようだ。私にはそのナントカの実がどういうものかすらわからない。

「はあ、外で食べるって美味しいですね。私、食べ歩きなんて初めてしました」

「言っておくけれど、ロックウェルでも普通はしないよ。お祭りの時だけ」

「そうなんですか？　いいタイミングで滞在できてよかった！　ふふふ、たーのしーい！　前世を思い出します。ロックウェル伯爵領、いいところですね」

二人で会話を楽しみながら、屋台料理に舌鼓を打っていると、唐突に足元でバチバチと弾けるような音が鳴り始めた。

「な、何⁉」

驚くキャロラインを落ち着かせて、テーブルの下を覗き込むと、

「「「ピア様、おかえり～」」」

領地の子どもたちが自作のネズミ花火に火をつけていた。この地は子どもたちも火薬慣れしているのだ。

「こらっ！　人の多いところで花火遊びしちゃだめ！　きちんと水かけて消す！」

「はーい。ピア様またね～！」

嵐のように去っていく子どもたちに手を振る。全ていつもの祭りの光景だ。

「ピア様は領民と随分距離が近いのですね」

ポツリとキャロラインが零した。

「うちは貧乏領だから、領主も領民も協力しないと生きていけなかったからね。と言いつつ、王都と近いくせにあまり顔を出せてないんだけど」

「私もほんの数年とはいえ貴族だったのに、男爵領の皆様への義務なんて、考えたこともなかったな……」

その言葉に、なんとも言えない悲しみが心の奥底から湧き上がる。

あなたの場合は、別の役割——有力貴族男性と懇意になり、国を内側からぐちゃぐちゃにする——をベアード伯爵に強制され、領民と触れ合うチャンスなどなかったのだ。この件で反省などしなくていい。悪いのは……操ったマリウスたちだ。

でも、今更その話題を蒸し返せるはずがない。

「……領民と仲良く見えるのならば、それは日頃のおばあ様のおかげ。キャロライン、おばあ様をよろしくね」

「そんな、恐れ多い！　でもビクトリア様のことは好きです。とっても厳しいけど、みんなに厳しいんです。えこ贔屓がないって言うか……アカデミーでえこ贔屓ばかりされていた私が言うのもなんなのですが。そして頑張った時はちゃんと褒めてくれます」

そう言いながら思い出し笑いするキャロラインは、アカデミーの頃よりもずっと綺麗になったと思った。

この状態がどのくらいの期間続くかはわからないけれど、彼女と祖母とはうまくやっていけそうだ。ロックウェルは万年人手不足でのんびりする暇はないところだけれど、充実した毎日を送ってほしい。

キャロラインの無意識な前世ネタを敢えて指摘せず、相槌を打ちながら素朴な屋台デザートを少しずつ摘まんでいたら、遠くから馬の蹄の音が聞こえてきた。その足音は几帳面に揃っていて、ロックウェルの農耕馬とは明らかに違う。

私も周囲の人々も背伸びして、音の出元である王都からの街道方面を見た。

まず目に入ってきたのは緋色に金獅子の御旗、そのあとに赤い制服の騎士の隊列、そして小型だが明らかに高級仕様の馬車。

「うそ……どうして……」

――王家だ！　瞬きもできず凝視していると、私の様子を訝しんだキャロラインもテーブルに手をついてゆっくりと立ち上がり、同じ方向を向いた。

「金獅子の紋章……王家の……」

キャロラインも呆然としながら私に問いかける。

「たまにいらっしゃるのですか？」

「いいえ、ロックウェル史上初めてのはず……前の領地にも、散々あの地を欲しがったくせに、当の本人たちはとうとう姿を見せず土に触れることもなく王領にしたと聞いてる。この王都に隣接する土地に転地したのちは、近いからこそこちらから出向いていたし……」

「では今日、なんのために来たのでしょう……私を罰するため？」

「それはないよ。キャロラインの刑もここでの静養も司法が認めたことだもの。たとえ王族といえそれを覆すことはできない」

……はずだけれど、私も自信がない。

ジョニーおじさんだろうか？　油田について私に至急聞くことがあった？　それともマリウスの件？　キャロラインにまだ何か疑惑がかかっている？

混乱しているうちにどんどん隊列が近づき、我が領民が周りを取り囲む。不敬罪になりはしないかハラハラと見守っていたら、女性たちの黄色い声が上がった。

なんと、馬車の後方から隊列全体を見守るように、黒の軍服を着たルーファス様が馬に乗ってやってきた！

つまり、馬車の中にいる方は——。

広場に入り、馬車は速度を落とし、護衛の合図のあとゆっくりと窓が開いた。そこには気さくな笑みをたたえたフィリップ第一王子殿下がいて、観衆に向けて手を振っている。

先頭の近衛の騎士が声を張り上げた。

「ロックウェル領の皆、フィリップ王子殿下は国王陛下の名代として全国の視察を開始された。その最初の地としてここロックウェル領を選ばれた！」

地鳴りのような歓声が上がった。あまりの名誉にお年寄りたちは泣き出している。

『体力が回復したら、国中を回ろうと思っているんだ。領主を慰労して、民の様子をこの目で見る』

『キツネ狩り』で殿下が私にそうおっしゃったことを思い出す。私の提案したアージュベール王国中の秘密を解き明かす旅を、早速実行に移してくれたのだ。

私は感激し両手を高く上げてブンブンと振ると、所詮狭い広場、殿下はすぐに私を目に留めて歯をキラッと見せて笑って……表情を固まらせた。

不意に気がつき隣を見れば、キャロラインも真っすぐ殿下を見つめ、声もなくハラハラと涙を流していた。そして、口をぎゅっと引き結び、深々と頭を下げた。

殿下はそれをじっと見つめ……馬車はゆっくりとしたスピードで私たちの正面を通り過ぎた。

心臓をどくどくと鳴らして今の出来事を反芻していると、馬車の後ろを行く馬上のルーファス様が、私に小さく頷いた。それを見て、何もかも理解した。

フィリップ殿下とキャロライン、立場上もはや会話することなど叶わない二人に、最後の別れ、気持ちの切り替えの場面を作ったのだ……ルーファス様が。

二人の間には〈虹色のクッキー〉があり、恋人関係は疑似的なものだったかもしれないけれど、それでも二人は長い時間を共にし、楽しいこともきっとあった。情は確実にあったはずだ。

幾重にも人垣を挟んだ、ほんの数秒の邂逅だった。でもきっとこれで二人はそれぞれ前に進むのだ。別の道を。

切なくて下唇を噛んでいると、あっという間に馬車もルーファス様も後ろ姿しか見えなくなった。進む方角は間違いなくロックウェル伯爵本邸。私は慌てて護衛を呼び寄せる。

「ごめんなさい。私、屋敷に走るから、キャロラインをお願い！」

「かしこまりました」

私はキャロラインの手にハンカチを持たせ、ぎゅっと抱きしめたあと、両手でスカートをつまみ上げて、駆けだした。

ぜいぜいと息を切らせながら追いかけると、隊列は我が屋敷の正面で止まった。

驚いたことに門の前には車椅子の祖母をはじめ父、母、兄、主要な使用人が全て整列し

て待ち構えている。

そこに馬車の扉が開き、殿下が悠々と降りてこられた。全員が頭を深々と下げ、父が代表して「ようこそおいでくださいました」と挨拶をした。

「皆、顔を上げて」

殿下は全員が姿勢を正したのを見て一つ頷くと、真っすぐに祖母のもとへ歩いた。そして、よく通る声で、祖母に語りかけた。

「……長らくロックウェル伯爵家の忠義に報いることなく、この地を訪れることもなく、すまなかった」

「っ！」

王族であるフィリップ殿下がはっきりと謝罪し頭を下げたことに、聴衆皆が絶句した。それどころか、殿下は車椅子の肘掛けにあった祖母の右手を恭しく持ち上げ、その甲にキスをした。遠くからでも祖母の目が驚愕で見開かれたのがわかった。

やがて祖母は目を伏せ、呼吸を整え、殿下と向き合った。

「フィリップ王子殿下……ここにいるラルフ、ピア、そして新しい孫であるルーファス様が大変お世話になっております。三人ともあなた様のことをとても慕っているようです」

「……私は大変な時期に、あなたの孫に支えられた」

この公衆の面前で、例の事件についてほのめかすことも、王族としてこれ以上弱みを見せることもできない殿下が、それでも私たちについて話せる言葉で語ってくれた。

祖母もそれで十分だったようだ。表情を緩ませた。

「この地を我が夫が賜って三十五年あまり……領民共々苦労は多くありましたが、もうこの地を愛しております。古いわだかまりは今日限りで捨てましょう。このロックウェル領で生きていけますようご助力よろしくお願いします」

「前伯爵夫人、ありがとう……ありがとう！　もちろん今後、理不尽な領地替えなど行わない。陛下に代わって約束しよう」

その言葉を引き出した祖母は、目を閉じていろんなことに思いを馳せているようだった。そして再び開いた瞳には少し涙がにじんでいたけれど、相変わらずの眼力で、

「私もアージュベール王国のために、この地で枯れるまで働きましょう」

祖母はそう言うと、右手を軽く上げた。すると、屋敷の裏からヒュルルーと光が天に昇ってパンパンパンと弾けた。爆竹だ！

「ロックウェル伯爵家はフィリップ・アージュベール第一王子殿下を歓迎いたします」

祖母の言葉に、周囲が一斉に歓声で包まれた。

「「「フィリップ殿下ばんざーい！」」」

「ようこそ！　ロックウェルに！」

「お怪我が治ったようでよかった～」

「フィリップ殿下と王太子殿下、お二人がいれば我が国は安泰ですね！」

我が領民から口々に声をかけられ、少し緊張した面持ちの殿下に、マレーナくらいの女の子が歩み寄り、

「で、殿下、はいどうぞ！」

小さな花束を渡した。

狭く、金銭に余裕のないロックウェル領に花屋はない。花が欲しければ自分で育てるのだ。まだ春先のこの時期、あの子はこの騒ぎを聞きつけ、庭のありったけの早咲きの花をかき集めて、持っている一番可愛いリボンで結んだのだろう。

「私に……くれるの？　ありがとう。美しいね。ロックウェルは、我が国は本当に美しい」

殿下は一瞬何かを堪える表情で天を見上げたあと、しゃがんで女の子の頭をそっと撫でて、目尻を下げた。

「殿下すてきー！」

「うちの屋台の煮物も食べてってくださいー！」

「柘植の木で作った水車の置物です、持って帰ってくださいー！」

「殿下ーいつも我々のためにお働きくださりありがとうございまーす」

「メリークを追い出してくれてありがとー！　これで安心して畑作れますー」

殿下はどんどん我が領民にもみくちゃにされていったが、視線で護衛を止めて、敢えてされるがままになっていた。殿下は私たちの結婚式で温泉が噴き出たのを見た時と同じくらい心からの笑みを浮かべ、目には光るものが浮かんでいた。

その様子を胸に両手を当てて見つめていると、優しく肩を抱かれた。見上げると、私の夫が穏やかな顔で微笑んでいた。

「ルーファス様……ありがとうございます」

私をロックウェルの家族と会わせる機会を作ってくれたこと。祖母に花を持たせた王家との和解の機会を作り、老い先短い祖母に平安を与えてくれたこと。我がロックウェルの領民に、敬愛するフィリップ殿下と対面する機会を作ってくれたこと。

そして、キャロラインと殿下を前に進ませてくれたこと。フィリップ殿下に国民はこんなにも殿下を必要としていると教えて差し上げたこと。数え上げたらキリがない。

ルーファス様は視線を正面の殿下に戻した。ここ数年辛い思いばかりしていた友人へのいたわりが、柔らかく光るグリーンの瞳に表れていた。

「……私の働きが、皆のためになったなら何よりだ」

「ためになったどころではありません。完璧です！　傷を抱えているみんなの心をルーファス様が癒してくれました。本当になんとお礼を言えばいいのか」

「ピアがこんなに褒めてくれるなら、あちこちに根回しした甲斐があった」

そう言って、ルーファス様は私のこめかみにキスをした。

そして殿下とその周りを囲む領民、それを見守る祖母と両親と兄、みんな笑顔の平和そのものの光景を一緒に眺め、二人で幸せを噛みしめた。

春がようやく訪れた。


翌日、アカデミーに出勤し、お世話になった守衛の皆様に直接感謝を伝えた。

そして午後、パティスリー・フジを訪れた。キャロラインの様子を知らせるためだ。

彼女のことを気にかけているカイルは、すぐに終わる話ではないとわかっており、昼から店を閉めて待っていてくれた。

「しばらく顔を見せないと思ってたら、ピアが……誘拐されてたの？」

私がマリウスに誘拐されていた事件は国の上層部と裁判関係者以外には公開されない。

主に私の名誉のために。しかしカイルに話すことはルーファス様に許可を貰っている。

「だ、大丈夫なのか⁉」

「うん。私は大事な金づるで、メリークで働かせる気満々だったから、傷一つ負ってない」

「傷は体にだけ負うものではないだろうっ⁉　心がめいっぱい苦しめられたはずだ！　なんでピアもキャロラインも二度も……女の子が大の男に襲われるなんて、絶対にあっちゃならないのに……」

カイルが顔を歪めて、我が事のように苦しんでしまった。それは、同じ経験をしたことがあるからこそだ。

「カイル……あの時はあの判断しかなかったし、ルーファス様がもちろんちゃんと守ってくれたのよ。でもカイルが心配するのは当然だってわかってる。私だって大事なカイルがたとえ理由があったとしても誘拐されたら泣いてしまうもの。でも、先に私の話を聞いてくれる？　カイルと答え合わせしたい」

「……答え合わせ？」

私は事件の顚末と、マリウスこそが、前世の強盗殺人犯であると直感でわかったことをカイルに伝えた。

そして、修道院でキャロラインを襲ったのもマリウスであり、キャロラインと私の勘は重なったこと。それもあってほぼ間違いないと思っていることを話した。

カイルは異も唱えず、静かに聞いてくれて、小さなため息をついた。

「キャロラインが最初の女子高生で、ピアが次に来たメガネの女性」

「そしてカイルがレジのお兄さんで、マリウスが犯人。あの時他にお客さんはいた？」

「いや、いなかった。きちんとモニターを見たからね。店内にいたのはその四人だけ」

その四人が揃って……この〈マジキャロ〉の世界に転生した。

「ならば、他にはもう私たちみたいな転生者はいないよね」

「そう思う。そして僕とピアとキャロラインの前世は〈マジキャロ〉でも繋がっている……」

「マリウスも〈マジキャロ〉をやってたかもしれないってこと？」

「あれだけ一世を風靡したからね。やっててもおかしくない。あの場にいたこと、そして〈マジキャロ〉ユーザーだったことが、転生者の共通項かもしれない……」

私は頷きつつ、カイルの淹れてくれたコーヒーを手に取り、その琥珀色の液体を意味もなくじっと見つめた。

「……マリウスの言葉を推測すると、自分の殺した女にどうやら一目惚れしてて、自分が殺したからその女は自分のモノだと思ってるみたいだった」

マリウスがあの犯人ならば、その女とはおそらく前世の私だ。大人で私に似ていたらしいから。

「何それ。人を殺しておいて好きに？　ゾッとするね。異常だよ。そしてその女性がピアの前世と知ってか知らずかピアと重ねて執着してたってこと？　気持ち悪っ！」

カイルのあけすけな言いっぷりは、なぜか清々しくて、私は少し心が軽くなり、コーヒーを口にした。自分で淹れたものよりも、カイルのもののほうが断然美味しい。

「私たちが、マリウスこそが犯人の生まれ変わりだとわかったように、私のことを自分が殺した女の生まれ変わりだと勘づく瞬間があったのかもしれない……」

「だとしても、もう処刑されたんなら……真実は闇の中か……」

カイルが男性らしい仕草で、長い脚を組み、髪をかき上げた。お互いにしばらくの間コーヒーをお供に物思いにふけった。

「……前世では、僕たちはあいつに殺された」

「うん……」

「でも、この現世では、再び悪事を繰り返したあの男に正義の鉄槌が下され、僕たちは生き残った」

以前は、無念で死んだ私たちに、神がやりなおす機会を与えてくれたのかも、と思った。しかしそれならば、マリウスまで転生しているのがおかしい。

私たちがマリウスに復讐する機会を与えてくれたのかもしれないとも思ったけれど、復讐の前にマリウスは既に悪事に手を染めており、そんな人物を転生させるのが神の意思とはどうにも考えにくい。

やはり、要因があれこれ重なったうえでの偶発的な全員の転生だったのではないか？などと考える。

「とにかく、全部解決したんだよ、ピア。これからはこの世界で、この世界の一員として、前世やあの辛い死に囚われず、精一杯生きていこう」

……カイルの言うとおりだ。

「うん！　今後ともよろしくね。スーパーパティシエカイル！」

「こちらこそ。ピア博士かつ、ピア・スタン侯爵令息夫人。それにしても、私たちの界をまたぐ因縁をサクッとやっつけてすっぱり断ち切ってくれたルーファス様、さすがよねえ。ぜーんぶピアのためよ。ダーリンに感謝しなさいね？」

カイルがすっかりいつもの調子に戻った。あまりの変わりっぷりに、ははは と気の抜けた笑い声が出る。

「ちゃんとわかってるよう」

「ならいいけど。あら？　噂をすれば」

階段を上る足音に続き、ドアが軽くノックされ、カイルの返事と同時にルーファス様がマイクを従え現れた。

「カイル、お邪魔するよ。ピア、積もる話は済んだ？」

「ルーファス様？　迎えにきてくださったのですか？　お仕事は？」

嬉しいけれど、外を見ればまだ明るい。早退したのだろうか？

「今、至急の仕事などないからね。調整できるものばかりだ。カイル、準備できてる？」

「はい。今回も腕によりをかけてお作りしましたよ。ピアの好きなものばっかり入れたから、いっぱい食べて気力体力を回復させてね」

そう言って、カイルは大きな包みをマイクに手渡した。

「これはひょっとして、お料理のテイクアウト？」

「うん。外のレストランでデート……とも考えたが、事件を知る者もごく少数いるからね。渦中のピアをジロジロと見られたくない。というか、私もしばらくはピアを表に出したくはない」

ルーファス様の過保護がグレードアップしている。誘拐なんてされれば仕方のないことかもしれないけれど……。まあ、カイルのお料理はスイーツ同様に最高なので、家での食事になんの異論もない。

「前回もとっても美味しかった！　思い出すだけでお腹が鳴りそう。カイル、ルーファス様、準備してくれてありがとうございます」

カイルに見送られ、馬車に乗り込み帰宅の途についた。馬車の中は砂糖を焦がした匂いで充満している。カイルはデザートに何を入れてくれたのだろう？　期待が膨らむ。

「こうしていると、前回の寝間着パーティーを思い出しますね」

「今回も寝間着パーティーでいいじゃないか」

「いやいや、さすがに皆がいる時に堕落できません」

「今日も全員に暇を出してる」

「え？」

「二人きりだ、ピア」

耳に直接、ルーファス様の低音で囁かれた。体中の血が逆流し、顔に集まってくるのがわかる。あの日以来の……二人だけの夜。

「マリウスや他の男ではなく、ピアが私のものだと、実感させて？」

「だ、だから、私の居場所はルーファス様のお隣しかありませんって」

前世も〈マジキャロ〉ももう過去の記憶でしかない。これからは振り回されることなく、ただルーファス様の妻として生きていきたい。

照れ臭くて俯いてしまった私の顔をルーファス様が顎に手をかけ持ち上げて、視線を合わせた。まだ私の言葉の続きを待っている？　夫婦になった安心と、尋常でない忙しさのせいで、ひょっとしたら私は言葉を尽くしていなかった？

人は誰でも言葉が欲しい。自分だっていつもルーファス様の言葉に安心させてもらってるのに……恥ずかしがっている場合ではない！

「お、お慕いしております。その……犬たちよりも、化石よりも」

「は？　……ふふっ。それはよかった」

ルーファス様が目尻を下げる。

「領地と領民を愛し、家族と友人を大事にして、力の限りを尽くすルーファス様を、婚約を結んで以来この目で見てきて……ひたすら尊敬しております」

「……そう？」

「字が相変わらず美しいところも、ダガーの不調に真っ先に気がついてくれるところも、平和のために、自分の気持ちを押し殺した高潔さも、胸が痛くなるほど好きです」

「…………」

「私がルーファス様に釣り合わないことは重々承知していますが、それでも、もうずっとずっと、子どもの頃から大好きだから、私にはルーファス様だけで、他の男の人なんてどうでもよくて、一緒にいたいのはルーファス様だけだから、その、これからも精一杯頑張るから、私だけを見て、いつも私のところに帰ってきてほしい……」

最近なかった、激しい、噛みつくようなキスをされた。

「私もピアだけだ。もうずっと。そして死ぬまで」

キスの合間に、吐息のような声で告げられる。私の気持ち、少しでも伝わっただろうか？　と、ルーファス様に染まりきった頭で考える。

「ルーファス様……愛してます」

「ピアの百倍、私の愛が重い」

秘めやかな話とキスを繰り返すうちに、屋敷に着いた。

「食事はあとにしよう」

私は抱き上げられて、馬車から私室に直行した。

結局カイルの料理にありついたのは深夜だった。天才シェフカイルの料理は冷めても問題なく美味しかった。

エピローグ

私はなぜか、四角いビルが建ち並ぶ世界でふよふよと浮いていた。

再び前世の夢を見ているようだ。でも、いつものように前世の私になりきるのではなく、幽霊のように俯瞰している。

眼下で、今どきのおしゃれで瞳の大きな可愛い女子高生が、友達と腕を組んで楽しそうに笑いながら弾むように歩いている。

彼女の通り過ぎたガラス張りのビルの中では、真っ白なユニフォームを着た青年が、スポンジケーキにフワフワの生クリームを真剣な表情でコーティングしていた。

そして視線を少し奥に向けると、木立が生い茂る中に、私の学び舎があった。

その中庭の芝生では、前世の私が〈マジキャロ〉を布教した親友と共にレジャーシートに座って、満開の桜を眺めていた。

手にはコンビニで買ったお赤飯おにぎり。昨夜のカイルのテイクアウトのお料理に例のお赤飯もどきが入っていたから、こんな夢を見るのかもしれない。

私はスマホに最新の化石の記事を出して、何か熱弁をふるい、親友はそんな私にケタケタと笑っている。私は一瞬ムッとしたものの、結局一緒に笑っていた。

遠い遠い思い出だった。私たちは一生懸命生きていた。ちゃんと、幸せもあった。

「ピア？」

呼びかけられてゆっくり目を開けると、ルーファス様の腕の中だった。部屋はまだ暗く夜明け前だ。ルーファス様の親指が私の目元の涙を拭った。

「どうしたの？　また悪い夢を見た？」

慌てて首を横に振った。

「いいえ、とても……とても優しい夢でした」

先ほどの夢が真実かどうかなんて、あまりに時間が経ちすぎてわからない。でもこれで私は確実に前を向ける。

不可思議な条件のもと、私はこの世界に転生した。その意図がどこにあるかはついにわからなかったけれど、ここからはこの、愛するルーファス様がいる世界で、前世の私に負けないように頑張るのみだ。

「あんな温かい気持ちになれたのは、きっとここがこんなに暖かいからです」

ルーファス様はいつも私を身も心も包み込み、温めてくれる。

「もう春だからね」

「化石の春ですね」

「……その標語、初耳だけど？」

「そうですか？　そういえば、和平交渉に向かう時の賭け、初めて両者無効ですね」

結果としてルーファス様も私も王都へ十日では戻れなかったのだ。

「しょうがない。発掘道具の新調もシチューも次の賭けに持ち越しだ。ところで、まだ生きている賭けがあるの、忘れてないよね？」

「忘れてませんよ！　温泉街ＶＳ化石ミュージアムですよね。勝負はこれからです！」

実際それどころではなかったのだ。ようやく私の化石の春が来た。これからが本番だ！

「そうそう、フィルの時の賭けの賞品の化石旅行、もう少しで陛下から軍港の立ち入り許可が下りそうだから待っててね」

「ほ、本当ですか⁉　ダメ元でしたのに！　ルーファス様ありがとう。一緒に行って、お手伝いしてくれる気持ちに変わりないですか？」

「もちろん。妻の手伝いをするのは、夫の特権だよ」

「うわあ、嬉しい！　サラとマイクの結婚式もあるし、今年の春は忙しそうです」

どんなに忙しくても、ルーファス様と一緒なら、楽しんで乗り越えられる。

「そうだね。でも今日のところはまだ暗い。もう少し眠ろう」

「ルーファス様」

「ん？」

「大好き」

私はルーファス様の顎のラインに、伸び上がっておやすみのキスをして、睡魔に従い目を閉じた。

「ピア……君の体調を思っておとなしく眠ろうとしてるのに、煽ってどうする？」

「え？　……あ」

ルーファス様は私の唇に怒ったように口づけて、全身で私をぎゅっと巻き込むように抱きしめ、彼しか見えない世界に閉じ込めた。


〈ここまでの賭けの戦績〉

・ルーファスがアカデミーの卒業パーティーでキャロラインの横に立つか？
ピア×　〇ルーファス
・陛下から結婚の許可をもぎ取るのが先か？　五〇センチ以上の動物の化石を見つけるのが先か？
ピア×　〇ルーファス

・エドワード王子を立太子させるのが先か？　虹色のクッキーの毒の解明が先か？
ピア×　○ルーファス
・結婚式で泣かずにいられるか？
ピア×　○ルーファス
・フィリップ王子の体調回復の糸口をどちらが先に見つけるか？
引き分け
・温泉街と化石ミュージアム、どちらが先に経済効果一億ゴールドを叩きだすか？
継続中
・ルーファスはピアの祖母の信頼を得ることができるか？
無効
・和平交渉から十日で戻ってこられるか？
ピア×　○ルーファス

弱気ＭＡＸ奥様は、辣腕旦那様との賭けに、ただ今大きく負け越している状況である。

おわり

あとがき

「弱気MAX令嬢なのに、辣腕婚約者様の賭けに乗ってしまった」四巻では、「ルーファス様おめでとう」「ルーファス様よく耐えた！」という感想が多数寄せられました。

そんな皆様の温かいご支援のおかげで五巻を刊行できました。一巻を執筆しながら胸に秘めていたピアの裏設定を、どどーんと表に出せる機会を与えられ、感無量です。

四巻では新しい身分に振り回され、自らの力不足に落ち込むことの多かったピアですが、五巻ではルーファスの隣に立ち続けるために根性を見せます。

ピアに想像もしていなかった苦難が降りかかりますが、ルーファスとの絆は揺らぐことはありませんので、やはりストレスフリーでしょう。シリアスシーン多めですが、辣腕ルーファスがついているのです。大船に乗った気持ちで読み進めてください。

でも、そんなピアを押さえて、主演女優賞は案外侍女メアリかも？　詳しくは本編で。

ピアがルーファスの愛に支えられ未来に一歩踏み出す様を、見守ってください。

美しいカバーイラストの涙は悲しい経験のためだけでなく、乗り越え、心が洗われた「再生」の象徴でもあります。

そして今月は、「弱気MAX」コミックス三巻も発売します。コミカライズのキャロラインとこの五巻の彼女を読み比べると、作者は胸がキュッと切なくなります。

もちろんピアの友人のために奔走する姿も、ルーファスの麗しいご尊顔も見逃せません。

いよいよ断罪シーン直前！　是非こちらもよろしくお願いします。


それでは改めまして謝辞を。

すぐくよくよする作者を褒めて育ててくれる担当編集Y様と、出版に関わる関係者の皆様。ピアとルーファスが楽しい時も苦しい時も、優しく温かく描いてくださるＴｓｕｂａｓａ・ｖ先生。大人になりラブラブ加速中な二人を描き、私含む大勢の信者を更新のたび尊死させている村田あじ先生。いつも本当にありがとうございます。

そして……初恋が実を結び結婚したあとも、二人を気にかけ熱烈に応援してくれる読者の皆様に、最大級の感謝を。

これからもピアとルーファスを、甘くイチャイチャさせることに全力を尽くすことを、ここに宣言いたします！

最後になりましたが、これからの皆様のご多幸を心よりお祈りいたします。

またお会いできますように。よいお年をお迎えください。

小田ヒロ

■ご意見、ご感想をお寄せください。
《ファンレターの宛先》
〒102-8177 東京都千代田区富士見 2-13-3
株式会社KADOKAWA ビーズログ文庫編集部
小田ヒロ 先生・Tsubasa.v 先生

●お問い合わせ
https://www.kadokawa.co.jp/ (「お問い合わせ」へお進みください)
※内容によっては、お答えできない場合があります。
※サポートは日本国内のみとさせていただきます。
※Japanese text only

弱気MAX令嬢なのに、辣腕婚約者様の賭けに乗ってしまった 5

小田ヒロ

2022年12月15日 初版発行
2023年 8 月10日 3 版発行

発行者	山下直久
発行	株式会社 KADOKAWA 〒102-8177 東京都千代田区富士見 2-13-3 (ナビダイヤル) 0570-002-301
デザイン	伸童舎
印刷所	株式会社KADOKAWA
製本所	株式会社KADOKAWA

ISBN978-4-04-737298-6 C0193

定価はカバーに表示してあります。

◆◇◇

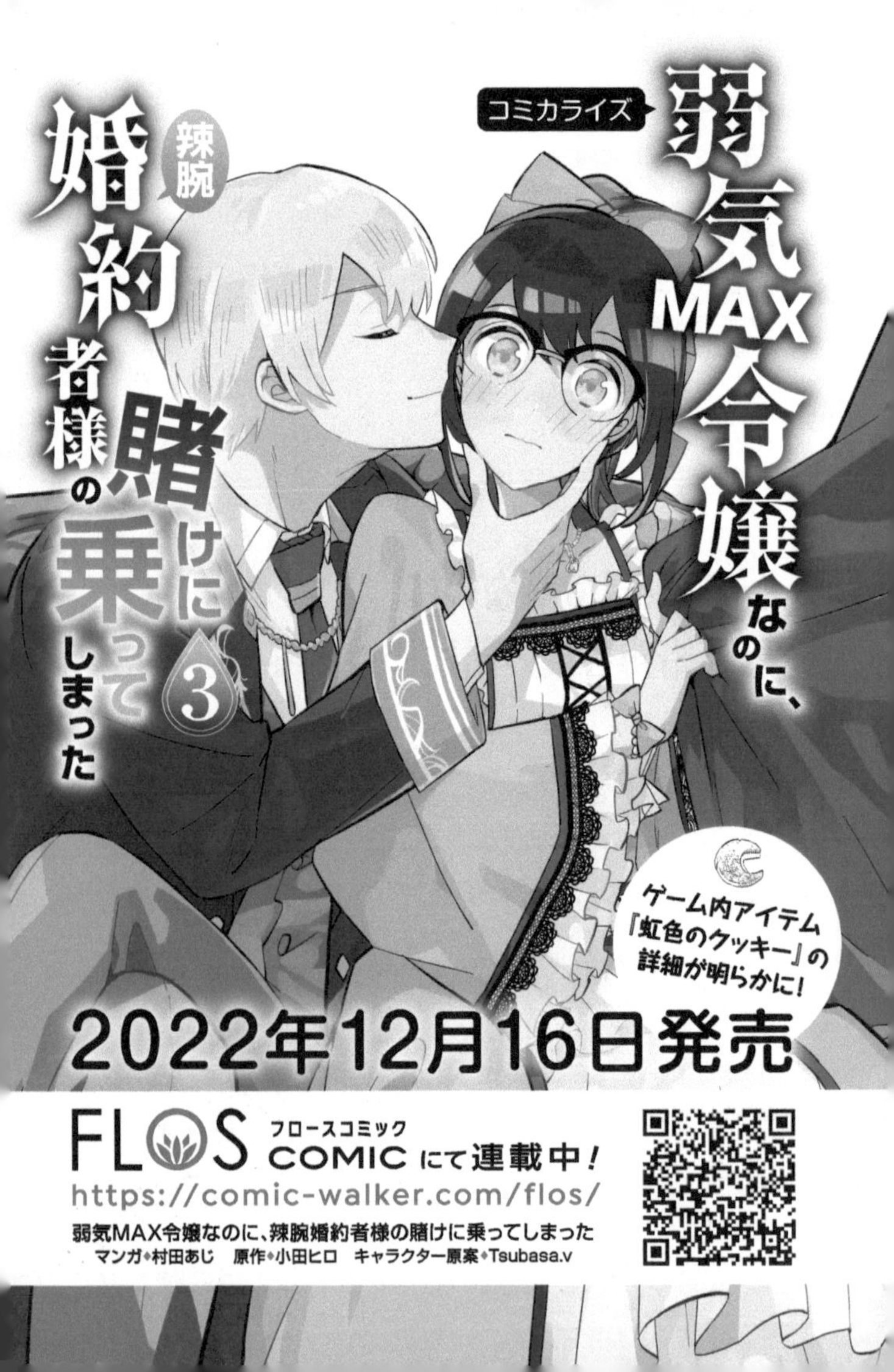